ガラスのベーゴマ

槿《むくげ》なほ 作《さく》
久永《ひさなが》フミノ 絵《え》

ガラスのベーゴマ

もくじ

一　ふしぎなドームとおじいさん

「蓮人《れんと》、あおいをたのむぞ」

「おねがいね。あおいのこと、心配《しんぱい》だから」

「くれぐれもよろしくな」

「お兄《にい》ちゃんだもの。まかせても大丈夫《だいじょうぶ》よね？」

お父《とう》さんとお母《かあ》さんにかわるがわる言《い》われ、蓮人《れんと》はぶっきらぼうにうなずいた。何度《なんど》同《おな》じことを言《い》えば気《き》がすむのだろう。耳《みみ》にたこができそうだ。

当《とう》の話題《わだい》の中心人物《ちゅうしんじんぶつ》、あおいはというと、玄関《げんかん》マットの上《うえ》でひざをかかえ、そのひざのあいだに顔《かお》をうずめた形《かたち》ですわっている。ランドセルすらせおっていない。

「おい、行《い》くぞ」

蓮人《れんと》はたたきにころがっているシューズをはくと、あおいの肩《かた》を軽《かる》くたたいた。

あおいの細《ほそ》くて小《ちい》さなからだが、びくりとふるえる。

「ぼく、行《い》きたくない……」

あおいがつぶやいた。

「なんだって？」

「ぼく、やっぱり行《い》きたくない」

あおいがほんの少《すこ》し顔《かお》をあげた。白《しろ》くふっくらしたほおが、ほんのり赤《あか》くそまっている。反《はん》対《たい》に、くちびるは青《あお》い。また具合《ぐあい》がわるくなったのかと、蓮人《れんと》はみけんにしわをよせた。

「だって、緊張《きんちょう》するんだもん。知《し》らない子《こ》ばっかりの教室《きょうしつ》に入《はい》るなんて」

具合《ぐあい》がわるいのではなかった。あおいはたんに学校《がっこう》に行《い》きたくないだけだ。蓮人《れんと》のみけんのしわは、さらに深《ふか》くなった。

「それはおれだって同《おな》じだよ。おれたちは転校生《てんこうせい》なんだからさ」

「でも……」

「さっさと行《い》かないと、転校初日《てんこうしょにち》から遅刻《ちこく》だぞ」

「でも……」

いつまでもぐずぐずと歯《は》ぎれのわるいあおいにいらつき、蓮人《れんと》は大《おお》きくため息《いき》をついた。

「それなら、休《やす》めよ」

はきすてるように言《い》いはなつと、ドアノブに手《て》をかける。

「蓮人《れんと》、そんな言《い》い方《かた》はないでしょ！」

案《あん》の定《じょう》、お母《かあ》さんのキンキンとした声《こえ》が背中《せなか》にふってくる。

それを無視《むし》して、蓮人《れんと》は表《おもて》へかけ出《だ》した。


「お兄《にい》ちゃん、待《ま》ってよぅ」

あおいはすぐに追《お》ってきた。

そうなのだ。あまやかすからいけないのだ。ほうっておけばちゃんと来《く》る。

蓮人《れんと》はふり返《かえ》ることはせず、砂《すな》とじゃりばかりの農道《のうどう》を、一歩一歩《いっぽいっぽ》ふみしめるように歩《ある》いた。

九州《きゅうしゅう》の東部《とうぶ》に位置《いち》する、とある市《し》。山《やま》と田《た》んぼと畑《はたけ》にかこまれた、けっこうな田舎《いなか》。

東京《とうきょう》から、お父《とう》さんの故郷《こきょう》でもあるこの市《し》の町《まち》はずれにひっこしてきたのは、ほんの数日前《すうじつまえ》。

今《いま》はもうなくなってしまったお父《とう》さんの両親《りょうしん》、つまり蓮人《れんと》とあおいのおじいちゃんとおばあちゃんが住《す》んでいた家《いえ》が、蓮人《れんと》たち四人家族《にんかぞく》の新《あら》たな家《いえ》となった。

「なんにもないところだねぇ」

蓮人《れんと》の一歩《いっぽ》うしろで、あおいが不安《ふあん》そうな声《こえ》を出《だ》す。

これまでこの町《まち》に来《く》るのは、正月《しょうがつ》とお盆《ぼん》くらいのものだった。だから、蓮人《れんと》もあおいもこのあたりのことを、ほとんどなにも知《し》らない。

「コンビニもゲームセンターもないぞ。もちろん、本屋《ほんや》もな」

うそだ。あおいは寝《ね》ていたから知《し》らないだろうけれど、ひっこし当日《とうじつ》に、おり立《た》った空港《くうこう》から乗《の》ったバスの中《なか》で、蓮人《れんと》はコンビニどころか大型《おおがた》スーパーも目《め》にしたし、本当《ほんとう》は本屋《ほんや》も見《み》つけていた。家《いえ》のまわりは田舎《いなか》だけれど、車《くるま》で数十分《すうじっぷん》行《い》けば、不自由《ふじゆう》ないくらいにはくらせそうだ。

けれど、それは言《い》わなかった。あおいといるといじわるな気持《きも》ちになることがある。今《いま》もそうだ。

「本屋《ほんや》、ないんだ……」

あおいがつぶやく。

あおいは本《ほん》の虫《むし》だ。ひまさえあれば本《ほん》を読《よ》んでいる。ジャンルはなんでもいいらしい。童話《どうわ》を読《よ》んでいるかと思《おも》えば、ずっしりと重《おも》そうな図鑑《ずかん》を手《て》にしていることもある。

「でも、小学校《しょうがっこう》に図書室《としょしつ》があるよね？」

「さあどうだか。こんな田舎《いなか》の小学校《しょうがっこう》だからな」

蓮人《れんと》がちらりとふりむくと、あおいは泣《な》きそうな顔《かお》をしていた。

今日《きょう》から二年生《ねんせい》になるというのに、あおいはどこまでも幼稚《ようち》だ。蓮人《れんと》とあおいは三つしかちがわないけれど、蓮人《れんと》は時々《ときどき》、もっとうんと年下《としした》の子《こ》どもを相手《あいて》にしているような気分《きぶん》になる。

あおいが本当《ほんとう》にうんと年下《としした》の弟《おとうと》なら、もっとすなおにかわいがれるはずだ。けれど、たった三つ年下《としした》なだけの、しかも、ひっこしの原因《げんいん》をつくった張本人《ちょうほんにん》を、かわいがれるはずもなかった。

「本屋《ほんや》がないなら、ひっこさない方《ほう》がよかったのかな……」

あおいのつぶやきに、蓮人《れんと》はまたみけんにしわをよせた。

(だれのせいで、こんな田舎《いなか》に来《き》たと思《おも》ってるんだよ!)

けれど、そんなことを言《い》えば、あおいは本当《ほんとう》に泣《な》いてしまうだろう。

「あるよ、図書室《としょしつ》。あるある」

蓮人《れんと》はいら立《だ》ちながらも、あおいをなだめた。

いくつもならんで立《た》っているビニールハウスに、真《ま》っ黒《くろ》い牛《うし》のいる牛舎《ぎゅうしゃ》。すきとおった水《みず》の流《なが》れる小川《おがわ》に、ひっそりとたたずむトラクター。のどかではあるけれど、まるで切《き》りとった写真《しゃしん》のように静《しず》かな景色《けしき》だ。

(こんな中《なか》を、片道《かたみち》四十分《ぷん》も歩《ある》くのか……)

何度《なんど》ため息《いき》をついてもつきたりないほどだった。ひっこす前《まえ》は、家《いえ》を出《で》てから五分《ふん》で学校《がっこう》についていたのだから。

農道《のうどう》をぬけると、まっすぐに続《つづ》く道路《どうろ》に出《で》た。舗装《ほそう》してある、わりと幅広《はばびろ》な道《みち》だ。周囲《しゅうい》には畑《はたけ》が広《ひろ》がっている。畑《はたけ》になびいているのは麦《むぎ》だろう。このあたりでは、稲《いね》と麦《むぎ》の二毛作《にもうさく》をしているのだと、お父《とう》さんが言《い》っていた。ふわふわの、まるで綿毛《わたげ》のようにやわらかそうな新芽《しんめ》は、若草色《わかくさいろ》をしている。

その合間《あいま》に、ぽつりぽつりと民家《みんか》や商店《しょうてん》が見《み》える。ここをひたすら進《すす》めば小学校《しょうがっこう》のはずだ。一本道《いっぽんみち》なので迷《まよ》うことはないと、これもお父《とう》さんが言《い》っていた。

「お兄《にい》ちゃん、あれなに？」

あおいの指《ゆび》さした先《さき》、畑《はたけ》のむこうに、ドームのような建物《たてもの》が立《た》っている。

（なんだ？）

蓮人《れんと》は目《め》をこらした。

その建物《たてもの》は、板《いた》にのったかまぼこのような形《かたち》をしていた。つまり、横《よこ》たわった円柱《えんちゅう》の半分《はんぶん》が、地面《じめん》にうまっているような状態《じょうたい》だ。ただ、奥行《おくゆ》きはそう長《なが》くはない。

断面《だんめん》にはトンネルのような空洞《くうどう》がある。ふつうのトンネルならば、空洞《くうどう》は半円《はんえん》のはずだ。けれど、その空洞《くうどう》はなぜか凹凸《おうとつ》の凸《とつ》のような形《かたち》をしている。

中《なか》は暗《くら》く、蓮人《れんと》たちのいる場所《ばしょ》から空洞《くうどう》の奥《おく》を見《み》ることはできない。

ドームのような建物《たてもの》は、コンクリートでできているように見《み》えた。けれど、空《そら》に面《めん》した部分《ぶぶん》、つまり天井《てんじょう》にあたる部分《ぶぶん》には、芝生《しばふ》のように草《くさ》がしげっている。どのくらいの大《おお》きさかは見当《けんとう》

がつかないけれど、おそらくずいぶん大《おお》きいだろう。

「古墳時代《こふんじだい》のお墓《はか》かなにかじゃないか。それか、UFO《ユーフォー》が着陸《ちゃくりく》したのかもな」

蓮人《れんと》はうそぶいた。それしか答《こた》えようがない。あんなふしぎな形《かたち》の建物《たてもの》、見《み》たことがない。

ドームのはるか上《うえ》を、飛行機《ひこうき》が飛《と》んでいた。雲《くも》ひとつないぬけるような青空《あおぞら》に、細《ほそ》くたよりなさげな飛行機雲《ひこうきぐも》がえがかれていく。

「来《く》るぞー！　敵《てき》の襲撃《しゅうげき》じゃー！」

突然《とつぜん》、どなり声《ごえ》があたりにこだました。

すぐそばに立《た》つ古《ふる》びた一軒家《いっけんや》の生《い》け垣《がき》から、しわくちゃの顔《かお》をしたおじいさんがぬっと顔《かお》を出《だ》していた。鬼《おに》か魔物《まもの》でも見《み》つけたかのようなおそろしい形相《ぎょうそう》で、空《そら》をにらみつけている。

蓮人《れんと》はおどろいて立《た》ち止《ど》まった。あおいが蓮人《れんと》の背《せ》にかくれる。

おじいさんが、ぬらりとこちらに目《め》をむけた。そして一瞬《いっしゅん》姿《すがた》を消《け》したかと思《おも》うと、すぐに門《もん》扉《ぴ》から出《で》てきた。

おじいさんはなぜかはだしで、よれっとしたシャツに、ステテコのようなズボンをはき、肌《はだ》色《いろ》の腹巻《はらま》きのようなものを胴《どう》にまきつけていた。がりがりにやせていて背《せ》が異様《いよう》に高《たか》く、まるでがい骨《こつ》みたいだ。

骨《ほね》ばったほおや、いからせた肩《かた》がせまってきて、蓮人《れんと》は思《おも》わずからだをのけぞらせた。

と、おじいさんが目《め》を見開《みひら》いた。灰色《はいいろ》ににごったふたつの瞳《ひとみ》が、あおいをとらえている。

「ミチヨか……。ミチヨ、生《い》きちょったんか……」

しわがれた声《こえ》が、かすかにふるえている。

あおいはぶるぶると首《くび》をふりながら、「ち、ちがう……」と声《こえ》にならない声《こえ》を出《だ》した。

「はよう、こっちへ来《こ》い！」

おじいさんが、あおいの腕《うで》をつかんだ。あおいは、恐怖《きょうふ》のあまり抵抗《ていこう》ができないのか、そのまま門扉《もんぴ》の奥《おく》へとひきずられていく。蓮人《れんと》はあわててあとを追《お》った。

と、ふわりと、あまくやわらかなにおいが、鼻《はな》の先《さき》をとおりすぎる。

（なんだ？　このにおい……）

「防空壕《ぼうくうごう》に入《はい》れ。ここなら安全《あんぜん》じゃ！」

おじいさんは庭《にわ》のすみにある物置《ものおき》を開《あ》けると、あおいの背中《せなか》をおした。

「じっちゃん、なにやっちょるんや！」

声《こえ》がして蓮人《れんと》がふり返《かえ》ると、庭《にわ》にランドセルをせおった少年《しょうねん》が立《た》っていた。蓮人《れんと》よりもひとまわり、いやふたまわりは大《おお》きいがっしりとした体格《たいかく》で、ほとんど丸刈《まるが》りのような髪形《かみがた》だ。

「玄太《げんた》もおったか。早《はや》く入《はい》れ。敵《てき》じゃ！」

「またかよ……」

玄太《げんた》と呼《よ》ばれた少年《しょうねん》は、ため息《いき》をつきながらおじいさんにかけよった。そして、おじいさんの背《せ》に腕《うで》をまわすと、そのままだきしめるようにして、玄関《げんかん》にむかっていった。

おじいさんは何度《なんど》もこちらをふり返《かえ》ってはいるけれど、玄太《げんた》の力《ちから》にはかなわないようだ。やがて、家《いえ》の中《なか》へと入《はい》っていった。

今《いま》までのことがうそだったかのように、庭《にわ》はしんと静《しず》まった。

「なんだったの、今《いま》のおじいさん……」

あおいがぽつりとつぶやいた。恐怖《きょうふ》をとおりこしてぽかんとした顔《かお》になっている。

「おれにわかるわけがないだろ……」

蓮人《れんと》もつぶやいた。なんの前《まえ》ぶれもなくやってきて、一瞬《いっしゅん》にしてさっていく竜巻《たつまき》みたいだ。

ふたりは、しばらく物置《ものおき》の前《まえ》につっ立《た》っていた。

「いいにおいがするね。ホットケーキかな」

ふいにあおいが言《い》った。

（そうだ、ホットケーキだ）

平和《へいわ》な朝《あさ》の代名詞《だいめいし》のようなホットケーキのにおいと、今《いま》しがたの台風《たいふう》のような状況《じょうきょう》。

あまりにかけはなれたそのふたつが同時《どうじ》にやってきたことで、蓮人《れんと》の頭《あたま》はこんがらがった。

すると、さっきの少年《しょうねん》、玄太《げんた》がまたやってきた。今度《こんど》はひとりだ。みょうにぶっちょう面《づら》で、

体格《たいかく》のよさもあいまって、おじいさんとはちがった意味《いみ》でこわく見《み》える。

「あの……おじいさん、大丈夫《だいじょうぶ》？」

蓮人《れんと》はそう声《こえ》をかけた。どう考《かんが》えてもこちらが被害者《ひがいしゃ》だけれど、無言《むごん》でさっていくのはあと味《あじ》がわるい。それに、ランドセルをせおっているということは同《おな》じ小学校《しょうがっこう》の子《こ》だろう。ここで顔見知《かおみし》りになっておくのもいいかもしれない。

と、玄太《げんた》が蓮人《れんと》をぎろりとにらみつけた。

「早《はや》く帰《かえ》れ」

玄太《げんた》のするどい目《め》つきの理由《りゆう》がわからず、蓮人《れんと》は「え？」と聞《き》き返《かえ》した。

「だから、さっさと出《で》てけ！」

玄太《げんた》はくるりときびすを返《かえ》し、門扉《もんぴ》へとかけていく。

（なんだよ……。心配《しんぱい》してやったのに、そんな言《い》い方《かた》はないだろ！）

「お兄《にい》ちゃん、学校《がっこう》……」

あおいが蓮人《れんと》を見《み》あげている。

「あ、そうだった！」

登校中《とうこうちゅう》だったことをすっかりわすれていた。蓮人《れんと》はあおいの手《て》をとった。

門扉《もんぴ》を出《で》たところで、あおいが立《た》ち止《ど》まった。足《あし》もとになにか落《お》ちている。

「これ、なんだろう」

「勝手《かって》にとるなよ。ここの家《いえ》の人《ひと》のものかもしれないだろ」

「でも、家《いえ》の外《そと》だよ」

あおいのひろいあげたそれは、半透明《はんとうめい》で、巻《ま》き貝《がい》のような形《かたち》をした、つやつやとしたガラスだった。太陽《たいよう》の光《ひかり》にあてると、宝石《ほうせき》のようにきらりと光《ひか》る。

「きれいだね」

「いいから、早《はや》く行《い》こう」

まっすぐに続《つづ》く道《みち》のはるかむこうに、玄太《げんた》のうしろ姿《すがた》が見《み》える。どすどすとかけていく、そのうしろ姿《すがた》までおこっているようだ。

（なんなんだよ、あいつ。わけがわからないよ）

蓮人《れんと》はあおいの手《て》をひっぱり、あと三十分《ぷん》はかかる道《みち》のりを、小走《こばし》りに進《すす》んだ。

二　転校《てんこう》の理由《りゆう》

校門《こうもん》をくぐったころには、あおいの息《いき》はあがっていた。

「きつい……苦《くる》しい……」

「吸入器《きゅうにゅうき》は？」

「……持《も》ってる」

「じゃあ使《つか》えよ」

「いやだ……。見《み》られたくないもん」

「発作《ほっさ》をおこしたらどうするんだよ」

蓮人《れんと》はあおいの腕《うで》をひっぱり、校門《こうもん》のすみの木《こ》かげへむかった。それから、あおいのランドセルを開《あ》け、てのひらほどのサイズのポシェットをとり出《だ》す。そこに吸入器《きゅうにゅうき》が入《はい》っているのだ。

あおいはちぢこまって、吸入器《きゅうにゅうき》に口《くち》をつけた。少《すこ》しでも人《ひと》の目《め》から遠《とお》ざかりたいらしい。

蓮人《れんと》はしかたなく、あおいをかくすようにして立《た》った。

しばらくすると、あおいは笑顔《えがお》を見《み》せた。

「教室《きょうしつ》まではついていけないいんだからな。無理《むり》するなよ」

蓮人《れんと》が言《い》うと、

「お兄《にい》ちゃんたら、お母《かあ》さんみたいだね」

と、あおいがはにかんだ。

（おれがお母《かあ》さん？　冗談《じょうだん》じゃない！）

蓮人《れんと》はあおいをふりきるようにして、はじめて入《はい》る校舎《こうしゃ》へむかって、大《おお》またで歩《ある》き出《だ》した。

今《いま》から半年前《はんとしまえ》のことだ。住《す》んでいたマンションの近《ちか》くの高台《たかだい》に、大型《おおがた》ショッピングモールが建設《けんせつ》されることになった。

マンションの前《まえ》の道路《どうろ》を四六時中《しろくじちゅう》トラックが行《い》き来《き》し、そのトラックのはき出《だ》す排気《はいき》ガスのせいか、もともとぜんそくだったあおいの体調《たいちょう》は、急速《きゅうそく》に悪化《あっか》していった。

あおいは学校《がっこう》を休《やす》みがちになった。登校《とうこう》しても、あれこれと理由《りゆう》をつけて早《はや》びきしてくる。朝《あさ》になると泣《な》き出《だ》すこともあった。

「ぜんそくのせいで、登校《とうこう》するのがきついのかしら」

お母《かあ》さんはため息《いき》をつくばかりだった。

ある晴《は》れた日《ひ》の昼休《ひるやす》み、蓮人《れんと》が図書室《としょしつ》に行《い》ったときのことだった。窓《まど》ぎわの机《つくえ》のすみに、あおいの姿《すがた》を見《み》つけた。

あおいは本《ほん》を読《よ》んでいた。マッシュルームのようなほわんとした髪形《かみがた》は女《おんな》の子《こ》のようだし、低《ひく》い座高《ざこう》は幼稚園児《ようちえんじ》のようだけれど、読書中《どくしょちゅう》の集中力《しゅうちゅうりょく》はとても一年生《ねんせい》とは思《おも》えなかった。

(本《ほん》、すきなんだな)

蓮人《れんと》はなかばあきれながら、かりていた本《ほん》をカウンターに持《も》っていった。蓮人《れんと》の方《ほう》はというと、返却日《へんきゃくび》ぎりぎりまでかりっぱなしだった本《ほん》を、昼休《ひるやす》み返上《へんじょう》でしぶしぶ返《かえ》しにきたのだった。

(あおいが知《し》ったら、あきれるかな)

ちらりとあおいに目《め》をやる。あおいは蓮人《れんと》がそばにいることにも気《き》づかず、本《ほん》に目《め》を落《お》としている。

大《おお》きな窓《まど》からグラウンドを見《み》おろすと、指人形《ゆびにんぎょう》のように小《ちい》さく見《み》える子《こ》どもたちが、とんだりはねたりしながらあそんでいた。

あおいはそんなにぎやかな昼休《ひるやす》みの風景《ふうけい》とは無縁《むえん》とばかりに、一定《いってい》のスピードで静《しず》かにページをめくっていく。

(本当《ほんとう》に本《ほん》がすきなのかな……)

なんだかせつない気持《きも》ちになった。蓮人《れんと》はあおいに声《こえ》をかけずに、図書室《としょしつ》をあとにした。

教室《きょうしつ》にもどるとちゅうで、昼休《ひるやす》みがおわるチャイムが鳴《な》った。廊下《ろうか》で男《おとこ》の子《こ》の集団《しゅうだん》とすれちがう。

「次《つぎ》の体育《たいいく》、あおいと同《おな》じチームになったらどうする？」

ドッジボールを脇《わき》にかかえた男《おとこ》の子《こ》が、そんなことを言《い》っているのが聞《き》こえた。

（あおいだって……？）

蓮人《れんと》は聞《き》き耳《みみ》を立《た》てた。男《おとこ》の子《こ》たちは水道場《すいどうば》にむかい、手《て》を洗《あら》いはじめる。蓮人《れんと》はそのうしろにそっとならんだ。

「どうするって、どうしようもないじゃん」

「でも、あおいが入《はい》ったら、絶対負《ぜったいま》けるだろ。こっちは真剣《しんけん》なのにさ。つまんないよ」

「休《やす》めばいいのにな、体育《たいいく》」

「休《やす》むかもよ。ぜんそくできついです～ってべそかいてさ」

男《おとこ》の子《こ》たちはけらけらとわらいながら、教室《きょうしつ》にむかっていった。

（なんだそれ！　どういうことだ!?）

胸《むね》がムカムカしてきた。気《き》がつくと、蓮人《れんと》の足《あし》はふたたび図書室《としょしつ》にむかっていた。

あおいに言《い》ってやろう。次《つぎ》の体育《たいいく》、絶対《ぜったい》に休《やす》むなよ。おまえ、ぜんそくだからってばかにされてるぞ、と。

にえたぎるような気持《きも》ちのままずんずんと歩《ある》き、図書室《としょしつ》の前《まえ》に来《き》たところで、蓮人《れんと》ははたと立《た》ち止《ど》まった。

（……さっきのやつらの気持《きも》ち、わからなくもないな……）

蓮人《れんと》の心《こころ》に、ふっとそんな気持《きも》ちがよぎった。お父《とう》さんがやっととった休《やす》みの日《ひ》にあおいが体調《たいちょう》をくずし、楽《たの》しみにしていた遊園地《ゆうえんち》に行《い》けなくなってしまったこと。授業参観《じゅぎょうさんかん》に来《く》るはずだったお母《かあ》さんが、あおいの病院《びょういん》の定期受診《ていきじゅしん》を優先《ゆうせん》したこと。

小《ちい》さなことをふくめれば、ここのところ数《かぞ》えきれないくらいのことを蓮人《れんと》はがまんしていた。あおいがせきこむたびに、きついとつぶやくたびに、いや、あおいの顔《かお》を見《み》るだけで、イライラしていた。

あおいのクラスメートも、体育《たいいく》の時間《じかん》のたびにイライラしているのかもしれない。そう思《おも》うと、あおいをけしかける気《き》がすぅっとうせていく。

と、あおいが図書室《としょしつ》から出《で》てきた。胸《むね》に数冊《すうさつ》の本《ほん》をかかえている。

「お兄《にい》ちゃん、どうしたの？」

本《ほん》をかかえたあおいは、きょとんとした顔《かお》で蓮人《れんと》を見《み》あげた。

あおいは知《し》っているのだろうか。クラスメートが自分《じぶん》の悪口《わるくち》を言《い》っているということを。

「ううん。さっさと教室《きょうしつ》にもどれよ」

蓮人《れんと》はそれだけ言《い》うと、廊下《ろうか》をかけ出《だ》した。


「環境《かんきょう》をかえるのがいいらしいの。空気《くうき》がきれいなところやストレスのないところですごすのが、ぜんそくの一番《いちばん》の治療《ちりょう》になるんですって」

それからしばらくたったある日の夕食《ゆうしょく》どき、お母《かあ》さんがそんなことを言《い》い出《だ》した。

あれはたしか、秋《あき》にあった文化発表会《ぶんかはっぴょうかい》の夜《よる》だった。仕事仕事《しごとしごと》のお父《とう》さんがめずらしく家《いえ》にいて、家族《かぞく》四人《にん》でダイニングテーブルをかこんでいた。

蓮人《れんと》は、その日《ひ》の文化発表会《ぶんかはっぴょうかい》でおこなわれた合唱《がっしょう》で、クラス代表《だいひょう》の指揮者《しきしゃ》をつとめた。勇気《ゆうき》を出《だ》して立候補《りっこうほ》した役《やく》で、昼休《ひるやす》みも放課後《ほうかご》も先頭《せんとう》に立《た》って練習《れんしゅう》にはげんできた。

合唱《がっしょう》は、練習《れんしゅう》の何倍《なんばい》もうまくいった。三クラスある四年生《ねんせい》のうちで一番《いちばん》うまかったと、担任《たんにん》の先生《せんせい》もほめてくれた。

見《み》に来《く》るお母《かあ》さんにはないしょにしていた。突然《とつぜん》ステージの中央《ちゅうおう》で指揮棒《しきぼう》をふる姿《すがた》を見《み》せて、おどろかせるつもりだったのだ。

（なんだよ。おれの指揮《しき》の話《はなし》じゃないのかよ）

一番《いちばん》にその話題《わだい》になると思《おも》っていたら、あおいのぜんそくの話《はなし》だ。肩《かた》すかしをくらった気分《きぶん》だった。

「それでね、少《すこ》し考《かんが》えてみたんだけど……」

お母《かあ》さんが、ひとつ深呼吸《しんこきゅう》をする。

「九州《きゅうしゅう》の田舎《いなか》……お父《とう》さんの生《う》まれ育《そだ》ったところに、ひっこすのはどうかなと思《おも》ったの」

蓮人《れんと》は耳《みみ》をうたがった。

（はぁぁ？　冗談《じょうだん》じゃない！）

たしかに、文化発表会《ぶんかはっぴょうかい》でのあおいはひどかった。一年生《ねんせい》の演目《えんもく》は、鍵盤《けんばん》ハーモニカでかんたんな曲《きょく》をひくというものだった。にもかかわらず、あおいだけが何度《なんど》もつっかえ、ハーモニーをみだしていた。きっと、休《やす》んでばかりで練習不足《れんしゅうぶそく》だったせいだ。

その上《うえ》、ステージから退場《たいじょう》するときに、うしろを歩《ある》く男子《だんし》に腹《はら》いせのようにつっつかれ、泣《な》きそうな顔《かお》になっていた。

そんな、あおいのさんざんな姿《すがた》を目《ま》のあたりにすれば、お母《かあ》さんも気《き》づいて当然《とうぜん》だ。あおいが学校《がっこう》に行《い》きたがらないのは、ぜんそくがつらいだけでなく、それが足《あし》かせとなって学校《がっこう》になじめなくなったせいだと。

（でも、だからって、ひっこしまでする必要《ひつよう》があるのか!?）

あおいの体調《たいちょう》くらいで、いちいちひっこしていてはたまらない。しかも近場《ちかば》ではない。九州《きゅうしゅう》……蓮人《れんと》にとってはほとんど未知《みち》の世界《せかい》だ。

お母《かあ》さんはためらいがちに、けれどしっかりした声《こえ》で続《つづ》けた。

「あくまでも、わたしの考《かんが》えよ。なにも、今《いま》すぐひっこすってわけじゃないの。ただ、お父《とう》さんの故郷《こきょう》なら自然《しぜん》がたくさんあるし、住《す》める家《いえ》もあるし……」

むかいにすわっているあおいは、さっきからずっとうつむいたままだ。まるで他人《たにん》ごとのようにふるまっているその姿《すがた》に、蓮人《れんと》はイラッとした。

「ちょっと待《ま》ってよ！」

思《おも》いあまって、蓮人《れんと》はいすから腰《こし》を浮《う》かした。

すると、蓮人《れんと》をさえぎるように、

「いい案《あん》かもしれないな」

と、お父《とう》さんが言《い》った。思《おも》いがけず宝《たから》くじがあたったような、おどろきとよろこびのまざった顔《かお》をしている。

「いつかは田舎《いなか》に帰《かえ》りたいと思《おも》ってたんだ。両親《りょうしん》は亡《な》くなってしまったけれど、おれの故郷《こきょう》にはちがいないからな」

「でも、あなたの仕事《しごと》は大丈夫《だいじょうぶ》かしら」

「それはなんとかする。あおいのためだ。ひっこさない手《て》はないよ」

お母《かあ》さんの顔《かお》がぱっと明《あか》るくなった。

「ありがとう。それじゃあ、きりよく来年《らいねん》の春《はる》、一学期《がっき》のはじめに転校《てんこう》しましょ」

「それがいい。決《き》まりだな」

（転校《てんこう》しましょ、決《き》まりだなって、おれの気持《きも》ちはどうなるんだよ！）

そのとき、あおいと目《め》が合《あ》った。

ひっこしたいのかひっこしたくないのか、その表情《ひょうじょう》からは読《よ》みとれない。ただ、もうしわけなさそうな、いごこちのわるそうな顔《かお》をしている。

蓮人《れんと》はなにも言《い》えなくなった。そっと腰《こし》をおろすと、口《くち》をきゅっとむすんだ。

お父《とう》さんの行動《こうどう》は早《はや》かった。

故郷《こきょう》のおさななじみに連絡《れんらく》をとり、新《あたら》しい仕事《しごと》をあっさりと見《み》つけてしまった。おさななじみの家《いえ》がいとなんでいるという、酒店《さけてん》の事務仕事《じむしごと》だ。商品《しょうひん》のネット販売《はんばい》をはじめたはいいものの、人手不足《ひとでぶそく》にくわえ、店員全員《てんいんぜんいん》がパソコンにうとく、てんやわんやの状態《じょうたい》だったという。パソコンはお手《て》のもののお父《とう》さんにとっては、ねがってもない仕事《しごと》のようだった。

仕事《しごと》の問題《もんだい》がかたづくと、お父《とう》さんは今度《こんど》は家《いえ》の問題《もんだい》にとりかかった。

休《やす》みのたびにひとりで故郷《こきょう》へ帰《かえ》り、築《ちく》ウン十年《ねん》の木造家屋《もくぞうかおく》を使《つか》い勝手《がって》のいいようにリフォームしたのだ。

一方《いっぽう》お母《かあ》さんはというと、ひっこしの準備《じゅんび》をてきぱきとこなしていった。蓮人《れんと》の住《す》んでいたマンションは賃貸《ちんたい》だったので、ふくざつな手続《てつづ》きは必要《ひつよう》なかったようだ。ひたすら荷物《にもつ》をまとめるだけだった。

ひっこしが決《き》まり、実際《じっさい》に九州《きゅうしゅう》に行《い》くまでの半年間《はんとしかん》、ひっこしという舞台《ぶたい》の脚本《きゃくほん》、演出《えんしゅつ》および脇役《わきやく》のお父《とう》さんとお母《かあ》さんは、ずいぶんと生《い》き生《い》きしていた。土日《どにち》になるとぐったりと寝《ね》てばかりいたお父《とう》さんは姿《すがた》を消《け》したし、あおいを心配《しんぱい》するあまりいつもぴりぴりしていたお母《かあ》さんに笑顔《えがお》がもどった。

けれど、いわば主役《しゅやく》のあおいは、どこまでもマイペースだった。ひんぱんに学校《がっこう》を休《やす》み、家《いえ》では本《ほん》ばかり読《よ》み、時々《ときどき》ひどくせきこんだ。

蓮人《れんと》はというと、舞台《ぶたい》のステージにもあがっていなかった。二階席《かいせき》のすみから舞台《ぶたい》をながめる観客《かんきゃく》のようだった。

（あおいのため……あおいのため……）

転校《てんこう》するぎりぎりまで、蓮人《れんと》は心《こころ》の中《なか》でいつも、呪文《じゅもん》のようにとなえていた。

始業式《しぎょうしき》に参加《さんか》したあと、原田先生《はらだせんせい》という担任《たんにん》の男《おとこ》の先生《せんせい》につれられて、二階《かい》の教室《きょうしつ》へとむかった。

「田舎《いなか》の小学校《しょうがっこう》や。ひと学年《がくねん》、ひとクラスしかない。それだけに、みんな兄弟《きょうだい》みたいにわきあいあいとしちょるから、気軽《きがる》にいこうな、気軽《きがる》に」

廊下《ろうか》を歩《ある》きながら、先生《せんせい》はにかっとわらってそう言《い》った。

先生《せんせい》がリラックスさせようとしてくれているのはわかるけれど、蓮人《れんと》は笑顔《えがお》を返《かえ》せなかった。朝《あさ》はあおいの手前《てまえ》さっと家《いえ》を出《で》たけれど、緊張《きんちょう》しているのは蓮人《れんと》だって同《おな》じなのだ。

先生《せんせい》が教室《きょうしつ》のドアに手《て》をかけると、蓮人《れんと》はごくりとつばを飲《の》みこんだ。

（はじめが肝心《かんじん》。自然《しぜん》に、明《あか》るく、でも明《あか》るすぎず、かといって暗《くら》くなってもだめだし……）

ごちゃごちゃと考《かんが》えているうちに、先生《せんせい》が教室《きょうしつ》へ入《はい》っていく。蓮人《れんと》は少《すこ》しおくれて、うつむいたまま小《ちい》さな一歩《いっぽ》をふみ出《だ》した。

「あ！」

教室《きょうしつ》のうしろから、少《すこ》し低《ひく》めの声《こえ》が聞《き》こえた。

反射的《はんしゃてき》に、蓮人《れんと》は顔《かお》をあげた。

広《ひろ》い教室《きょうしつ》に、間隔《かんかく》をあけて机《つくえ》がならんでいる。そこに着席《ちゃくせき》している児童《じどう》は、十数人《すうにん》しかいない。ひとクラスしかないというのに、やけに少《すく》ない。

その十数人《すうにん》が、興味津々《きょうみしんしん》といったまなざしで蓮人《れんと》を見《み》ている。

圧倒《あっとう》されて目《め》をふせようとした瞬間《しゅんかん》、蓮人《れんと》の視界《しかい》のはしに、重苦《おもくる》しい空気《くうき》をはなっている人物《じんぶつ》がうつった。

（あ……。あいつ……さっきの子《こ》だ）

声《こえ》の主《ぬし》はすぐにわかった。おじいさんの家《いえ》で会《あ》った玄太《げんた》という少年《しょうねん》が、どこかけわしい表情《ひょうじょう》で、じっとこちらを見《み》ているのだ。

「なんだ、玄太《げんた》。知《し》っちょるんか」

先生《せんせい》は安心《あんしん》したような声《こえ》で言《い》った。玄太《げんた》はふてくされたようにうなずき、そのままつんと横《よこ》をむいてしまった。

（おこらせるようなこと、したつもりはないんだけど……）

蓮人《れんと》の頭《あたま》の中《なか》に、登校中《とうこうちゅう》の出来事《できごと》がよぎる。

ふしぎなドーム、飛行機雲《ひこうきぐも》、変《へん》なおじいさん、ホットケーキのにおい、巻《ま》き貝《がい》のような形《かたち》のガラス……。

「ほれ、自己紹介《じこしょうかい》」

先生《せんせい》に背中《せなか》をぽんとたたかれて、

「あ、えっと、東京《とうきょう》から転校《てんこう》してきた、広瀬蓮人《ひろせれんと》といいます」

と、蓮人《れんと》はあわてて言《い》った。

「席《せき》は玄太《げんた》のとなりや。前《まえ》の席《せき》にすわっちょるのが、学級委員長《がっきゅういいんちょう》の美里《みさと》やからな」

先生《せんせい》があいている席《せき》を指《ゆび》さす。

一番《いちばん》うしろ、といっても四列《れつ》しかないけれど、そのうしろの列《れつ》の一番窓側《いちばんまどがわ》が蓮人《れんと》の席《せき》になるようだ。

蓮人《れんと》にむかって軽《かる》く右手《みぎて》をあげたのが美里《みさと》らしい。長《なが》い髪《かみ》をポニーテールにしている。くるりと大《おお》きな目《め》は少《すこ》しつりあがっていて、勝《か》ち気《き》なふんいきだ。

「わからないことがあったら、なんでも聞《き》いてよね」

すれちがいざま、美里《みさと》は蓮人《れんと》ににこりとわらいかけた。初対面《しょたいめん》の、しかも女子《じょし》にわらいかけられ、蓮人《れんと》はどぎまぎしながらうなずいた。

蓮人《れんと》が席《せき》についても、玄太《げんた》はまったく動《うご》かなかった。蓮人《れんと》の姿《すがた》など見《み》えていないかのように、あさっての方向《ほうこう》をむいている。

「あの……よろしく」

蓮人《れんと》は玄太《げんた》のいがぐり頭《あたま》にむかってあいさつをした。なにが気《き》にくわないかは知《し》らないけれど、これからクラスメートとしてやっていかなくてはならない。

すると玄太《げんた》が、ゆっくりとこちらを見《み》た。目《め》がぎろりと光《ひか》っている。

「よけいなこと、言《い》うなよ」

玄太《げんた》はたったひと言《こと》、そう言《い》った。

（よけいなことってなんだよ）

むっとする蓮人《れんと》をよそに、玄太《げんた》はまたそっぽをむいてしまった。

三　衝突《しょうとつ》

くつ箱《ばこ》と教室《きょうしつ》と職員室《しょくいんしつ》の位置関係《いちかんけい》がようやくわかってきた、転校《てんこう》三日目《かめ》のことだ。

「なぁ、玄太《げんた》。転校生《てんこうせい》のこと、知《し》っちょるんやろ。なんでしゃべらんのや」

中休《なかやす》み、トイレから教室《きょうしつ》にもどってきた蓮人《れんと》の耳《みみ》に、そんな声《こえ》が聞《き》こえてきた。蓮人《れんと》の机《つくえ》のすぐそばで、玄太《げんた》と男子数人《だんしすうにん》が話《はな》している。

蓮人《れんと》は席《せき》にもどるにもどれなくなった。あきらかに自分《じぶん》のことを言《い》われている。

「べつに。ただ、しゃべりたくないだけや」

玄太《げんた》が口《くち》をとがらせる。

「なんや、玄太《げんた》らしくないな」

「うん、うん。いつまでも仲間《なかま》はずれにするのもなぁ」

玄太以外《げんたいがい》の男子《だんし》たちは、蓮人《れんと》のことを気《き》にかけているような口調《くちょう》だ。

「いいやないか。べつにいじめちょるわけやない。転校生《てんこうせい》なんてめんどくさいだけや。ほっとこうぜ」

そのとき、ぷいと横《よこ》をむいた玄太《げんた》と目《め》が合《あ》った。

玄太《げんた》の口《くち》が、あ、と動《うご》いている。

（めんどくさいってなんだよ）

そう言《い》いたかったのに、声《こえ》が出《で》なかった。玄太《げんた》はめんどくさいから声《こえ》をかけないのではないと、わかっていたからだ。

理由《りゆう》はなぞだけれど、二日前《かまえ》、転校初日《てんこうしょにち》の朝《あさ》に出会《であ》ってしまったのがいけなかったのだ、きっと。

玄太《げんた》のまわりの男子《だんし》たちが蓮人《れんと》の姿《すがた》に気《き》づき、しまった、というような、ばつのわるい顔《かお》になった。

（べつにいいよ。かまってもらわなくて）

転校《てんこう》三日目《かめ》にして、蓮人《れんと》はここでの生活《せいかつ》をさとった。だれともうちとけられない、あそべない。楽《たの》しい学校生活《がっこうせいかつ》なんて、これからの自分《じぶん》にはない。

（一匹《いっぴき》おおかみでいてやる）

ひとりで、クールに、かっこよく。

都会《とかい》から来《き》た転校生《てんこうせい》らしく、すまし顔《がお》でいればいいのだと思《おも》った。

それからさらに一週間《しゅうかん》がたった。

昼休《ひるやす》みのはじまりをつげるチャイムが鳴《な》ったとたん、となりの玄太《げんた》が立《た》ちあがった。

「今日《きょう》もドッジやろうや！」

玄太《げんた》のかけ声《ごえ》を合図《あいず》に、教室《きょうしつ》の男子《だんし》たちがいっせいにもりあがる。「イエーイ！」とか「よっしゃー！」とか大声《おおごえ》をあげながら、ばたばたとドアへむかっていく。

そんな男子《だんし》たちを横目《よこめ》に、蓮人《れんと》は小《ちい》さくため息《いき》をついた。

あいかわらず蓮人《れんと》はひとりぼっちだった。日直《にっちょく》や係《かかり》の仕事《しごと》のことなんかで、女子《じょし》から話《はな》しかけられることはあるけれど、男子《だんし》との会話《かいわ》はない。

蓮人《れんと》のことを知《し》っている玄太《げんた》が話《はな》しかけないかぎり、ほかの男子《だんし》も自分《じぶん》からは声《こえ》をかけづらいのだろう。それに、玄太《げんた》はからだが大《おお》きく、ガキ大将《だいしょう》のようなふんいきがある。玄太《げんた》が「ほっとこうぜ」と言《い》えば、そうするべきだと思《おも》うのかもしれない。

（ま、べつにいいけどな）

ひとりでいても、これといって不自由《ふじゆう》はない。こんな生活《せいかつ》もわるくないという気《き》もする。

（本《ほん》でもあれば、ひまがつぶれてもっといいかもな）

そう思《おも》って、蓮人《れんと》はふっと思《おも》い出《だ》した。ひっこす前《まえ》の小学校《しょうがっこう》の図書室《としょしつ》で、本《ほん》を読《よ》んでいたあおいの姿《すがた》を。

図書室《としょしつ》は、にぎやかなグラウンドとはうってかわって静《しず》かだった。そこでひとり読書《どくしょ》をするあおいは、どこかさみしそうだった。

そのあおいのように、自分《じぶん》が今《いま》、なろうとしている。

(ひっこさなきゃ、こんなことにはならなかったのに……)

蓮人《れんと》が視線《しせん》を前《まえ》にやると、教壇《きょうだん》あたりにいた玄太《げんた》と目《め》が合《あ》った。玄太《げんた》がにらむような、けれどどこか罪悪感《ざいあくかん》のあるようなうす暗《ぐら》い目《め》で、こちらを見《み》ている。

(なんだよ、まだいたのか)

あおいにも、玄太《げんた》にもいら立《だ》つ。どうして自分《じぶん》がこんな目《め》に……。そんな気持《きも》ちが心《こころ》にべっとりとこびりついている。

「ちょっと待《ま》ちなさいよ!」

蓮人《れんと》のお母《かあ》さんによくにたキンキンとした声《こえ》が、教室《きょうしつ》にこだました。

蓮人《れんと》の前《まえ》の席《せき》で、美里《みさと》が腰《こし》に手《て》をあてて立《た》っている。

「玄太《げんた》くん、いいかげんにしなよ。広瀬《ひろせ》くんがなにをしたっていうの? 始業式《しぎょうしき》からもう二週《しゅう》間近《かんちか》くたつのよ。なのに、広瀬《ひろせ》くんだけ仲間《なかま》はずれにするみたいにドッジボールにさそってあげないで」

まわりにいた女子《じょし》たちが、そうだそうだと言《い》うようにうなずいている。男子《だんし》たちは気《き》まずそうに目《め》をふせている。

一匹《いっぴき》おおかみでいい。

そう思《おも》っていた。

そして実際《じっさい》、そうしてきた。

なのに……。

(なんでおれ、女子《じょし》に同情《どうじょう》されてるんだよ！)

はた目《め》から見《み》てわかるほどに、さみしそうだったのか。かわいそうだったのか。そんな空気《くうき》を出《だ》していたのかと思《おも》うと、今《いま》さらながらにはずかしく、くやしい。

蓮人《れんと》のくちびるがふるえた。からだがもえるように熱《あつ》くなった。

「広瀬《ひろせ》くんもなんとか言《い》えば？」

美里《みさと》がふり返《かえ》った。

正義感《せいぎかん》にあふれる顔《かお》とは、こういう顔《かお》のことをいうのかもしれない。迷《まよ》いのない、ほこらしげな表情《ひょうじょう》をしている。

その顔《かお》を見《み》たとたん、もえたぎるような蓮人《れんと》の熱《ねつ》は、すぅっと冷《さ》めていった。

「いいよ、べつに。こんな田舎《いなか》のやつらとあそぶなんて、こっちからおことわりだし」

教室《きょうしつ》がしんとなった。

言《い》ってすっきりした。こんなところ、来《き》たくて来《き》たわけじゃない。あおいのためにしかたなく来《き》てやったのだ。自分《じぶん》からなじむ必要《ひつよう》なんてない。

はとが豆鉄砲《まめでっぽう》をくらったような、とはこのことだろうか。美里《みさと》はぽかんとした顔《かお》をしている。まわりの女子《じょし》たちも目《め》をぱちくりさせている。

「田舎《いなか》のやつらとあそぶなんて、おことわりなんやと。そんなら、いいんやねぇの？」

玄太《げんた》は美里《みさと》にそう言《い》いはなち、教室《きょうしつ》を出《で》ていった。男子《だんし》たちもおずおずとそれに続《つづ》く。

蓮人《れんと》の目《め》の前《まえ》で、美里《みさと》の肩《かた》がふるえている。われに返《かえ》った女子《じょし》たちがわっと集《あつ》まり、美里《みさと》の肩《かた》をだきながら廊下《ろうか》へと出《で》ていく。

「広瀬《ひろせ》くん、ひどい」

女子《じょし》のひとりがつぶやいた。

（ひどくてけっこう）

蓮人《れんと》は鼻《はな》から大《おお》きく息《いき》をはいた。

その日《ひ》の昼休《ひるやす》みは、特別長《とくべつなが》く感《かん》じた。

グラウンドに目《め》をやると、玄太《げんた》は何事《なにごと》もなかったかのように、ドッジボールにいそしんでいた。女子《じょし》たちがどこに行《い》ったのかはわからない。どこかで蓮人《れんと》の悪口《わるくち》でも言《い》っているのかもしれない。

ひとりきりの教室《きょうしつ》にいると、しだいに冷静《れいせい》になってきた。

（これから、やりづらくなるかもしれないな……）

五年生《ねんせい》になってまだまもない。この小学校《しょうがっこう》はひと学年《がくねん》ひとクラスしかないので、六年生《ねんせい》になってもクラスメートの顔《かお》ぶれはかわらないはずだ。もしかしたら、中学校《ちゅうがっこう》でも。

そう考《かんが》えると、小《ちい》さなおりの中《なか》に閉《と》じこめられた気分《きぶん》になった。

（それもこれも、ぜんぶあおいのせいだ）

あらためて、あおいがうとましかった。

ふと窓《まど》の外《そと》を見《み》ると、あおいの姿《すがた》があった。グラウンドで数人《すうにん》の男子《だんし》と走《はし》っている。

（あんなに走《はし》って大丈夫《だいじょうぶ》なのか？）

蓮人《れんと》は机《つくえ》から身《み》を乗《の》り出《だ》した。

あおいは笑顔《えがお》だった。東京《とうきょう》ではほとんど見《み》せることのなかった顔《かお》だ。金色《きんいろ》の砂《すな》ぼこりの中《なか》で、なんだかかがやいて見《み》える。

（なんだよ、自分《じぶん》だけ楽《たの》しんじゃってさ。読書《どくしょ》はどうしたんだよ。本《ほん》がすきなんじゃないのかよ）

むしゃくしゃしてきた。机《つくえ》にうつぶせ、こみあげてくる涙《なみだ》をぐっとこらえる。

耳《みみ》の奥《おく》で、文化発表会《ぶんかはっぴょうかい》のときの合唱曲《がっしょうきょく》がこだました。クラスメートの真ん中《まなか》で指揮棒《しきぼう》をふったときの、大《おお》きく広《ひろ》げた腕《うで》の感覚《かんかく》。保護者《ほごしゃ》やほかの学年《がくねん》の児童《じどう》からあびた、はちきれんばかりの拍手《はくしゅ》の音《おと》。教室《きょうしつ》にもどるなり、「蓮人《れんと》のおかげだ」とかけよってきたクラスメートたちの、うれしそうな笑顔《えがお》。

楽《たの》しかった。そんな生活《せいかつ》はもうない。

蓮人《れんと》のほおを、涙《なみだ》がつたった。ぬぐうこともできなかった。

四　おじいさん、ふたたび

その日《ひ》の帰《かえ》り道《みち》を、蓮人《れんと》はいつもより足早《あしばや》に歩《ある》いた。

「もっとゆっくり歩《ある》いてよ」

あおいの声《こえ》を無視《むし》して、ずんずんと進《すす》む。

用水路《ようすいろ》の脇《わき》に立《た》っている三体《たい》のおじぞうさん、古《ふる》びたベンチのあるバス停《てい》、見《み》たことのない実《み》のなっている大《おお》きな木《き》の下《した》。いつもならあおいにせがまれて立《た》ち止《ど》まるそんな場所《ばしょ》も、気《き》づかないふりをしてすどおりした。

ふいに、あおいの気配《けはい》がなくなった。ふり返《かえ》ると、数《すう》メートルうしろでしゃがみこんでいる。

「お兄《にい》ちゃん、きつい……」

蓮人《れんと》はため息《いき》をつきながらも、あおいのもとまでもどった。

「あとちょっとだろ。さっさと帰《かえ》るぞ」

「いやだ。ぼく、もう歩《ある》けないよ」

歩《ある》けないわけがない。転校初日《てんこうしょにち》の朝以来《あさいらい》、蓮人《れんと》は、あおいが発作時《ほっさじ》に使《つか》う吸入器《きゅうにゅうき》を手《て》にするところを見《み》ていない。空気《くうき》がきれいなのがいいのか、通学《つうがく》で長時間歩《ちょうじかんある》くのがいいのか、はたまた友達《ともだち》ができたことがよかったのか、とにかく体調《たいちょう》はずいぶんよくなっているはずだ。今日《きょう》の昼休《ひるやす》みがいい証拠《しょうこ》だ。あおいはグラウンドをかけまわっていた。

だからこれはあまえだ。ただの、あおいのあまえだ。

「わがまま言《い》うなら、知《し》らないからな。これからは友達《ともだち》と帰《かえ》れよ」

「だって、お母《かあ》さんがお兄《にい》ちゃんと帰《かえ》りなさいって」

「ちがうだろ！」

蓮人《れんと》はあおいをにらみつけた。

「友達《ともだち》と帰《かえ》ってるときに具合《ぐあい》がわるくなったらこまるんだろ。吸入器《きゅうにゅうき》を使《つか》うのを見《み》られるのがいやだから」

「え……」

「そうだろ。友達《ともだち》にぜんそくのこと、ばれるのがいやなんだろ。ばれて、また仲間《なかま》はずれにされるのがいやなんだろ。ひとりきりの図書室《としょしつ》にもどるのがいやなんだろ。でもな……」

蓮人《れんと》はぐっとこぶしに力《ちから》を入《い》れた。

「そんなことで仲間《なかま》はずれにするやつなんて、友達《ともだち》じゃないぞ。だから、あおいにははじめから友達《ともだち》なんかいないんだよ！」

あおいの表情《ひょうじょう》がかたまった。

(泣《な》いたって知《し》らないからな……)

蓮人《れんと》は身《み》がまえた。

あおいは歯《は》をくいしばって、蓮人《れんと》を見《み》あげている。ふたりはしばらくにらみ合《あ》った。こんなことははじめてだ。

と、あおいがすくっと立《た》ちあがった。それから、くるりときびすを返《かえ》す。

「もういい！」

すてゼリフをはくと、あおいは来《き》た道《みち》をかけ出《だ》した。

(もういいって、なにがいいんだよ……)

一瞬《いっしゅん》追《お》いかけようかと思《おも》ったけれど、めんどうになって、蓮人《れんと》はあおいとは反対方向《はんたいほうこう》に歩《ある》き出《だ》した。


『町内会《ちょうないかい》に行《い》ってきます』

ちゃぶ台《だい》に、お母《かあ》さんの置《お》き手紙《てがみ》とまんじゅうがふたつのっかっていた。

(帰《かえ》ってこないなら、食《た》べちゃうからな)

蓮人《れんと》はふたつともぺろりと食《た》べた。アニメを見《み》て宿題《しゅくだい》をすませ、風呂《ふろ》そうじをしておいた。

けれど、あおいは帰《かえ》ってこない。

コチ　コチ　コチ
居間《いま》に、古《ふる》びた柱時計《はしらどけい》の音《おと》がひびく。

いつのまにか短針《たんしん》は五時《じ》をさしていた。あおいとわかれてから一時間近《じかんちか》くたっている。

（もしかして、なにかあったんじゃ……）

「ただいま」

玄関《げんかん》から声《こえ》がして、蓮人《れんと》は急《いそ》いでかけていった。

けれど、そこにいたのはお母《かあ》さんだった。両手《りょうて》にビニール袋《ぶくろ》を持《も》っている。

「町内会《ちょうないかい》に出《で》たら、帰《かえ》りに買《か》い物《もの》に行《い》くのにさそわれちゃったの。いりもしないものまで買《か》っちゃった。人《ひと》づき合《あ》いって大変《たいへん》ね」

お母《かあ》さんはふぅとため息《いき》をつき、ビニール袋《ぶくろ》を持《も》ちあげて見《み》せた。太《ふと》いネギが顔《かお》を出《だ》している。

「そうそう、蓮人《れんと》のすきなお豆腐《とうふ》も買《か》ってきたわよ。お豆腐屋《とうふや》さんがトラックで売《う》りに出《で》ててね。蓮人《れんと》、お豆腐《とうふ》すきよね」

蓮人《れんと》はあやふやにうなずいた。豆腐《とうふ》はすきだけれど、それどころじゃない。あおい、あおい、あおい……。

「あら、あおいは？」

お母《かあ》さんが気《き》づいた。

「まだ、帰《かえ》ってない……」

「え？　いっしょじゃなかったの？」

お母《かあ》さんの顔色《かおいろ》がかわる。といつめられるように言《い》われ、蓮人《れんと》は「う……ん」と口《くち》ごもった。

お母《かあ》さんの手《て》からビニール袋《ぶくろ》が落《お》ちる。ぐしゃりと卵《たまご》のわれる音《おと》がした。

「あれほどおねがいしたのに！　あおいになにかあったらどうするの！」

お母《かあ》さんが、両手《りょうて》で蓮人《れんと》の肩《かた》をゆすった。視界《しかい》がぐらぐらゆれる。

あおい、あおい、あおい……。

いつもあおいだ！

蓮人《れんと》の耳《みみ》の奥《おく》で、ぱちんとなにかがはじける音《おと》がした。肩《かた》にかけられた手《て》を乱暴《らんぼう》にふりほどき、お母《かあ》さんをぎっとにらみつける。

蓮人《れんと》が口《くち》を開《ひら》きかけたそのとき、居間《いま》から電話《でんわ》の鳴《な》る音《おと》がした。

蓮人《れんと》はっとわれに返《かえ》った。お母《かあ》さんが、信《しん》じられないというような、あぜんとした顔《かお》でこちらを見《み》ている。

蓮人《れんと》はその視線《しせん》からのがれるように、きびすを返《かえ》した。居間《いま》にもどり、汗《あせ》ばむ手《て》で受話器《じゅわき》をとる。

「もしもし……」

「おれ、玄太《げんた》。おれんちにおまえの弟《おとうと》がいる。むかえに来《こ》い」

（一体《いったい》、どういうことだ？）

蓮人《れんと》が聞《き》く前《まえ》に、電話《でんわ》はぷつりと切《き》れた。

「あおい、友達《ともだち》の家《いえ》にいるって。今《いま》からむかえに行《い》ってくる」

玄関《げんかん》でぼうっと立《た》っているお母《かあ》さんにつげると、蓮人《れんと》は玄関《げんかん》を飛《と》び出《だ》した。

玄太《げんた》の家《いえ》まで全速力《ぜんそくりょく》で走《はし》った。あおいの顔《かお》を早《はや》く見《み》たいのか、少《すこ》しでもお母《かあ》さんから遠《とお》ざかりたいのか、こんな生活《せいかつ》からのがれたいのか。なにがなんだかわからない。めちゃくちゃな気《き》分《ぶん》だった。

あっというまに玄太《げんた》の家《いえ》についた。門扉《もんぴ》を開《あ》けても、ホットケーキのにおいはしなかった。

蓮人《れんと》は息《いき》をととのえながら、おそるおそる玄関《げんかん》にむかった。またあのおじいさんがあらわれないともかぎらない。

チャイムをおすと、玄太《げんた》があいかわらずのぶっちょう面《づら》で出《で》てきた。

「入《はい》れよ」

あごで廊下《ろうか》の奥《おく》をさされる。台所《だいどころ》と居間《いま》の前《まえ》をとおり、その奥《おく》にある和室《わしつ》までついていった。障子《しょうじ》が開《ひら》いていて、その先《さき》に縁側《えんがわ》が見《み》える。縁側《えんがわ》のむこうには物置《ものおき》があった。転校初日《てんこうしょにち》の朝《あさ》、おじいさんがあおいをおしこめようとした、あの物置《ものおき》だ。

庭《にわ》にも縁側《えんがわ》にも西陽《にしび》がさしていた。そのせいか、あの朝《あさ》の庭《にわ》とはちがう場所《ばしょ》のように感《かん》じる。

あおいは、和室《わしつ》の真《ま》ん中《なか》にしかれたふとんに横《よこ》になっていた。ふとんのまわりに、がちゃがちゃといろいろなものがころがっている。

蓮人《れんと》はそれをふまないようにしながら、ふとんをのぞきこんだ。

蓮人《れんと》と目《め》が合《あ》ったとたん、あおいはばさりと頭《あたま》からふとんをかぶった。

「あ、お兄《にい》ちゃん……」

（ちえ、幼稚《ようち》なやつ）

むっとしながらも、蓮人《れんと》はほっと息《いき》をはいた。

「家《いえ》の前《まえ》でうずくまってせきこんどった。じっちゃんが見《み》つけて、パニックになってさ。なんとかなだめて、それからおまえの弟《おとうと》をここに運《はこ》んだんや」

玄太《げんた》がそっぽをむいたまま言《い》った。

（じっちゃんって、あのおじいさんのことだよな？）

けれど、家《いえ》の中《なか》におじいさんの気配《けはい》はない。

「なんで、うちの電話番号《でんわばんごう》知《し》ってるんだよ」

お礼《れい》を言《い》わなくてはならないのに、蓮人《れんと》の口《くち》をついて出《で》たのは、そんな言葉《ことば》だった。

「クラスの連絡網《れんらくもう》があるやろ」

「あ、そっか……」

蓮人《れんと》はのどからしぼり出《だ》すように、

「ありがとう」

と言《い》った。

今日《きょう》の昼休《ひるやす》みのごたごたを思《おも》い出《だ》すと頭《あたま》などさげたくはないのだけれど、あおいが無事《ぶじ》だったのは玄太《げんた》のおかげだ。

それに、玄太《げんた》が電話《でんわ》をくれなければ、いきおいにまかせてお母《かあ》さんをどなってしまうところだった。たまたまタイミングがよかっただけだけれど、それにもこっそり感謝《かんしゃ》しておく。

「いや。見《み》つけたのはじっちゃんやし」

玄太《げんた》はまだあさっての方向《ほうこう》を見《み》たままだ。

「ほんとに、たいしたことはしてない。おまえの弟《おとうと》、自分《じぶん》で器械《きかい》を使《つか》って息《いき》をしちょった。そうしたら、すぐに楽《らく》になったみたいや」

そうは言《い》うけれど、玄太《げんた》なりにあれやこれやと看病《かんびょう》をしてくれたのだろう。あおいのふとんのまわりにちらばっていたものは、水《みず》をはった洗面器《せんめんき》、氷枕《こおりまくら》、体温計《たいおんけい》にタオル、そして、かぜ薬《ぐすり》やのどあめだった。

（けっこういいやつなのかな）

ぐったりとしたあおいを前《まえ》にあくせくと看病《かんびょう》する玄太《げんた》を想像《そうぞう》し、蓮人《れんと》はそう思《おも》った。

「あおい、ぜんそくなんだ。まわりにはひみつにしておきたいみたいだけどさ」

まだふとんにもぐっているあおいにむけて、蓮人《れんと》はわざといやみったらしく言《い》った。あおいがふとんからがばりとおきあがり、あっかんべぇをする。

「ほら、このとおり。すぐに元気《げんき》になるんだ」

すると、玄太《げんた》がぷっとふき出《だ》した。玄太《げんた》のそんな顔《かお》を見《み》たのははじめてで、蓮人《れんと》は少《すこ》しおどろいた。

「いいな兄弟《きょうだい》って。おれ、ひとりっ子《こ》やから」

「そうかな。弟《おとうと》なんてつかれるだけだけどな」

「つかれるって、お兄《にい》ちゃんひどい」

あおいがほおをふくらませる。それから、

「おじいさん、あっちの部屋《へや》にいるんだよね。ありがとうって言《い》わなくちゃ」

うだ。

と、ふすまを指《ゆび》さした。目《め》の前《まえ》に閉《と》じられたふすまがある。和室《わしつ》は二間続《ふたまつづ》きになっているよ

「今《いま》はむだだと思《おも》うけどな」

玄太《げんた》が苦《にが》い顔《かお》をする。

「でも、ぼくのこと見《み》つけてくれたの、おじいさんだし。見《み》つけたとき、ぼくを見《み》てわぁって大声出《おおごえだ》したでしょ。大丈夫《だいじょうぶ》なのかな」

「なんで大声《おおごえ》を出《だ》したんだ？」

蓮人《れんと》がどちらへともなくたずねると、

「おまえの弟《おとうと》を見《み》て、『ミチヨ、ミチヨ、ミチヨが死《し》んでしまう』ってとりみだしてさ」

と、玄太《げんた》が言《い》った。

「ミチヨ？　そういえば、始業式《しぎょうしき》の朝《あさ》もそう言《い》ってたな」

「うん。あのときはじめて聞《き》いた名前《なまえ》なんや。ミチヨってだれやろ」

「女《おんな》の子《こ》の名前《なまえ》だよね？　ぼくを女《おんな》の子《こ》とまちがうなんてさ」

あおいはふてくされた顔《かお》をしたけれど、蓮人《れんと》は内心《ないしん》、スカートをはいていたら確実《かくじつ》に女《おんな》の子《こ》に見《み》えるな、と思《おも》った。

「ちなみに、おじいさんって祖父《そふ》なわけ？」

蓮人《れんと》は聞《き》いた。祖父《そふ》にしては、年《とし》をとっている気《き》がする。

「いや、おれのじいちゃんの父《とう》ちゃん。ひいじいちゃんってこと」

「へえ……」

「今年《ことし》でたしか九十八歳《さい》」

「へえ！」

蓮人《れんと》は目《め》を丸《まる》くした。おじいちゃんやおばあちゃんですらすでに亡《な》くなっている蓮人《れんと》からすると、ひいおじいちゃんが生《い》きているというのはかなりのおどろきだ。しかも百歳《さい》に近《ちか》いなんて。

「ぼく、やっぱりお礼《れい》を言《い》うよ」

あおいがふとんからおきあがり、ふすまを開《あ》けた。玄太《げんた》は「むだだと思《おも》うけどな」とぼやきつつも、止《と》めはしなかった。

その部屋《へや》は、一番西《いちばんにし》にあたるのか、蓮人《れんと》たちのいる和室《わしつ》よりさらに強《つよ》く西陽《にしび》がさしていた。畳《たたみ》がもえるように赤《あか》くそまっている。その真《ま》ん中《なか》に、玄太《げんた》のひいおじいさん……じっちゃんが、あぐらをかいてすわっていた。

じっちゃんがゆっくりと顔《かお》をあげた。あの日《ひ》のじっちゃんと同一人物《どういつじんぶつ》とは思《おも》えないほど、表情《ひょうじょう》がない。夢《ゆめ》の中《なか》にいるような、ぼんやりとうつろな顔《かお》をしている。西陽《にしび》をまとったじっちゃんは、からだの芯《しん》から熱《ねっ》を発《はっ》しているようで、あの日《ひ》とはまたべつのこわさがある。

「あの丸《まる》いの、なに？」

あおいが畳《たたみ》を指《ゆび》さした。オレンジ色《いろ》の小《ちい》さな玉《たま》が無数《むすう》にころがっている。

じっちゃんが足《あし》もとに視線《しせん》をもどした。なぜか、ひざの上《うえ》にティッシュの箱《はこ》が置《お》かれている。

じっちゃんはそこから一枚《まい》ティッシュをぬくと、小《ちい》さくちぎり、ひとさし指《ゆび》と親指《おやゆび》で器用《きよう》に丸《まる》めていった。そして、それをぴんとはじく。

玉《たま》はティッシュのかたまりで、オレンジ色《いろ》に見《み》えるのは西陽《にしび》のせいだった。

「鉄砲《てっぽう》の弾《たま》らしい」

玄太《げんた》がつぶやいた。

「鉄砲《てっぽう》の弾《たま》？」

「昔戦争《むかしせんそう》に行《い》ったらしくてさ。最近《さいきん》、時々心《ときどきこころ》がそのころにもどるんや。『いくらつくっても弾《たま》が足《た》りん』とか言《い》って、こんな風《ふう》によく無心《むしん》でつくっちょる」

じっちゃんはこちらの会話《かいわ》なんて聞《き》こえていないように、ひたすらにティッシュをちぎっては丸《まる》めていく。

あおいはじっちゃんに声《こえ》をかけることもわすれて、その姿《すがた》に見入《みい》っている。しかたなく、蓮《れん》人《と》は一歩前《いっぽまえ》に出《で》た。

「弟《おとうと》をたすけてくれて、ありがとうございました」

するると、じっちゃんがまた顔《かお》をあげた。その瞬間《しゅんかん》、おちくぼんだふたつの目《め》がぐわっと見開《みひら》いた。その目《め》はあおいを見《み》ている。

「ミチヨ……ミチヨじゃろ……」

じっちゃんがよろりと立《た》ちあがり、こっちへむかってくる。

「お、お兄《にい》ちゃん……」

あおいがさっと蓮人《れんと》の背《せ》にかくれた。蓮人《れんと》は身《み》をちぢめた。

（なんだよ……。こわい……！）

じっちゃんがあおいの手《て》をとろうとしたところを、玄太《げんた》がさえぎった。

「ちがうよ。おれの友達《ともだち》。もう閉《し》めるからな」

玄太《げんた》はじっちゃんを部屋《へや》のむこうへおしやると、ばたんとふすまを閉《し》めた。ダンダンと音《おと》がする。じっちゃんがふすまをたたいているのだ。

「ミチヨ……ミチヨ……」

泣《な》きそうな声《こえ》だ。けれど、すぐにふすまの振動《しんどう》もじっちゃんの声《こえ》もなくなった。また静《しず》けさがもどってくる。

「すぐに鉄砲《てっぽう》の弾《たま》づくりにもどるさ」

「よくわからん。おれは、じり焼《や》きをつくるとこしか見《み》たことがない」

「おじいさん、そんなにじり焼《や》きがすきなのかなぁ」

あおいが口《くち》をはさむ。ゆるんだ口《くち》もとからよだれでも出《で》てきそうだ。

「どうなんやろ。母《かあ》ちゃんだってばあちゃんだってつくれるはずやから、つくってもらえばいいのにさ。最近《さいきん》、たまに思《おも》い出《だ》したように、勝手《かって》に台所《だいどころ》に立《た》つんや。そういうときのじっちゃんは、たいてい気分《きぶん》がいい。けど、火《ひ》をあつかうやろ。認知症《にんちしょう》やから、だれかがそばにいてやらんとあぶない。こっちとしては大迷惑《だいめいわく》」

蓮人《れんと》は、転校初日《てんこうしょにち》の朝《あさ》を思《おも》い出《だ》した。

台所《だいどころ》でじり焼《や》きをつくりながら、じっちゃんはふっと窓《まど》の外《そと》に目《め》をやったのかもしれない。

そこに、ひとすじの飛行機雲《ひこうきぐも》。

その瞬間《しゅんかん》、じっちゃんの表情《ひょうじょう》がかわる。

はだしのまま玄関《げんかん》を飛《と》び出《だ》して、生《い》け垣《がき》から顔《かお》を出《だ》した。

そこで見《み》つけた、あおいの姿《すがた》。

『ミチヨか……。ミチヨ、生《い》きちょったんか……』

ミチヨ……。

「認知症《にんちしょう》だから、ぼくとミチヨちゃんをまちがったんだね、きっと」

あおいが納得《なっとく》したように言《い》う。

「ミチヨなんて人《ひと》、このあたりにはおらんのやけどな」

玄太《げんた》が首《くび》をかしげる。蓮人《れんと》も心《こころ》の中《なか》で首《くび》をひねった。

（だとしたら、ミチヨってだれなんだろう。あんなにとりみだすほど、おじいさんにとって大《たい》切《せつ》な存在《そんざい》なのか……）

となりの和室《わしつ》から、ティッシュをぬくシュッという音《おと》が聞《き》こえてきた。じっちゃんがまた、鉄砲《てっぽう》の弾《たま》をつくりはじめたようだ。

蓮人《れんと》は玄太《げんた》にたずねた。

「いつまでひいおじいさんのお世話《せわ》をしてるの？　寝《ね》るまでってわけじゃないんだろ」

夕方《ゆうがた》だというのに、ほかに家族《かぞく》がいる様子《ようす》がない。

「うちはじっちゃんに、じっちゃんの子《こ》どものじいちゃん、それにばあちゃん、おれの父《とう》ちゃんに母《かあ》ちゃんの六人家族《にんかぞく》なんや。父《とう》ちゃんは会社《かいしゃ》づとめで、あとの大人《おとな》は毎日農作業《まいにちのうさぎょう》に出《で》ちょる。もうすぐ畑《はたけ》からもどるから、そしたらバトンタッチ。ようやく解放《かいほう》ってわけ」

「へえ……」

目《め》の前《まえ》の玄太《げんた》が、今《いま》までとちがって見《み》えてきた。あおいの看病《かんびょう》といい、じっちゃんのお世話《せわ》といい、玄太《げんた》は見《み》た目《め》とはうらはらに、やさしい心《こころ》の持《も》ち主《ぬし》なのかもしれない。

「それにしたって、家族《かぞく》が帰《かえ》ってくるまでお世話《せわ》するなんて、玄太《げんた》すごいよ」

するりとそんな言葉《ことば》が出《で》てきて、蓮人《れんと》はあっとうつむいた。思《おも》わず玄太《げんた》などと名前《なまえ》で呼《よ》んでしまった。友達《ともだち》でもないのに。

けれど、玄太《げんた》は気《き》にもとめていないようだ。

「世話《せわ》ってほどのこともしちょらんけどさ」

少《すこ》してれたように頭《あたま》をかく。

「おれが学校《がっこう》に行《い》っちょるあいだは、母《かあ》ちゃんがじっちゃんの様子《ようす》を見《み》に、ちょくちょく畑《はたけ》からもどってくるらしい。で、放課後《ほうかご》とか土日《どにち》はおれの役目《やくめ》。おかげであそびにも行《い》けん。毎日《まいにち》ぐったりや」

玄太《げんた》があぐらの上《うえ》でほおづえをついた。ふうとおおげさにため息《いき》をつく玄太《げんた》は、どことなくやわらかい顔《かお》になっている。

なんだかんだと言《い》っても、玄太《げんた》はじっちゃんのことがすきなのだろう。言葉《ことば》のはしばし

やしゃべり方《かた》から、それが伝《つた》わってくる。それに、すきでなければ、放課後《ほうかご》や土日《どにち》をつぶすことなんてできないにちがいない。

(いいやつなんだよな)

さっきより強《つよ》く、蓮人《れんと》は思《おも》った。

「今《いま》までわるかったな」

玄太《げんた》がふすまを見《み》たまま、ぼそりと言《い》った。

「なにが?」

「そっけなくして」

「いいよ、べつに」

蓮人《れんと》もぼそぼそと言《い》った。あっさりわるかったと言《い》われると、おこるにおこれない。

「でも、どうしてあんな態度《たいど》だったんだよ」

そこははっきりさせておこうと思《おも》い、蓮人《れんと》はたずねた。

玄太《げんた》が顔《かお》をしかめて、短《みじか》い髪《かみ》をがしがしとかく。そして、白状《はくじょう》しますとばかりに蓮人《れんと》を見《み》た。

「じっちゃん、急《きゅう》にこんな風《ふう》になっちゃってさ。それまでは、おれの友達《ともだち》にメンコとか竹馬《たけうま》とか昔《むかし》のあそびをおしえてくれたりして、すんごくやさしいじっちゃんやった。みんなもじっちゃんのことが大《だい》すきでさ。だから、じっちゃんがこんな風《ふう》にかわってしまったこと、ひみつにしておきたかったんや。ばれたら、みんながっかりするかもしれん。こわがったり、気味《きみ》わるがったりするかもしれん。それじゃあじっちゃんがかわいそうや。そんであの日《ひ》、おまえにじっちゃんの姿《すがた》を見《み》られて、正直《しょうじき》あせってしまって……」

「で、あれこれ聞《き》かれないように、バリアをはった……ってこと？」

「そういうこと。わるかった！」

玄太《げんた》が顔《かお》の前《まえ》で両手《りょうて》を合《あ》わせる。

あきれた。そんなことが原因《げんいん》で、冷《つめ》たい態度《たいど》をとっていたのか。

蓮人《れんと》は、目《め》の前《まえ》でまだ両手《りょうて》を合《あ》わせている玄太《げんた》を見《み》た。目《め》をぎゅっとつむり、顔《かお》をこわばらせ、肩《かた》をちぢこまらせている。本人《ほんにん》はしんけんそのものだ。

玄太《げんた》にとってじっちゃんの変化《へんか》は、それほどに受《う》け入《い》れがたいつらいものなのかもしれない。

そんな変化《へんか》を蓮人《れんと》も経験《けいけん》している。ひっこしが、蓮人《れんと》の環境《かんきょう》をかえてしまったのだ。

(玄太《げんた》とおれって、案外《あんがい》にてるのかも)

目《め》の前《まえ》の必死《ひっし》な形相《ぎょうそう》の玄太《げんた》に、急《きゅう》に親近感《しんきんかん》がわいた。

それに……。

蓮人《れんと》は心《こころ》の中《なか》でほっと息《いき》をはいた。玄太《げんた》は蓮人《れんと》のことをきらいなのではなかった。じっちゃんを見《み》られたのがいやだっただけで、蓮人自身《れんとじしん》にわるいところはなかったのだ。

（よかった……）

と、あおいが玄太《げんた》の顔《かお》をのぞきこんだ。

「ひみつにしたいことってあるよね。ぼくもぜんそくのこと、知《し》られたくないもん。だからわかるよ、玄太《げんた》くんの気持《きも》ち」

そのとき、あおいのポケットからころりとなにかが落《お》っこちた。

「あ。玄太《げんた》くんの家《いえ》の前《まえ》でひろったやつだ。ポケットに入《い》れっぱなしだったんだ」

あおいがひろいあげたそれは、始業式《しぎょうしき》の日《ひ》の朝《あさ》にひろった、巻《ま》き貝《がい》の形《かたち》をしたガラスだった。

「じっちゃんのベーゴマや。よかった。さがしちょったんや」

玄太《げんた》がほっとしたような声《こえ》を出《だ》した。

「ベーゴマ？」

あおいが首《くび》をかしげる。蓮人《れんと》も聞《き》いたことのない言葉《ことば》だ。

「小《ちい》さいけど、コマの一種《いっしゅ》。台《だい》の上《うえ》でまわして、ぶつけ合《あ》って戦《たたか》わせるんや。ふつうは鉄製《てっせい》らしいけど、これはなんでかガラス製《せい》なんや。このあいだ、ベーゴマがないってじっちゃんがわめいてさ。返《かえ》してもらっていいか」

「うん。もちろん」

玄太《げんた》はあおいからベーゴマを受《う》けとると、ふすまを開《あ》けた。蓮人《れんと》はとっさにあおいをふすまのかげにかくした。またじっちゃんがあおいとミチヨをまちがって、泣《な》きそうになってはかわいそうだと思《おも》った。

じっちゃんは、もくもくと鉄砲《てっぽう》の弾《たま》づくりをしていた。

「見《み》つかったぞ。よかったな、じっちゃん」

玄太《げんた》がベーゴマをさし出《だ》した。陽《ひ》を受《う》けたベーゴマは、金粉《きんぷん》をまぶしたようにきらきらとかがやいている。

じっちゃんがしわがれた手《て》をのばし、そして、大切《たいせつ》な宝物《たからもの》を受《う》けとるように、両手《りょうて》でそっとベーゴマをつつみこんだ。

「ミチヨ……。ミチヨのベーゴマじゃ……」

「ミチヨちゃんのベーゴマ……」

あおいがつぶやいた。じっちゃんはあおいの声《こえ》なんて聞《き》こえていないかのように、ベーゴマにほおずりしている。

玄太《げんた》がそっとふすまを閉《し》めた。

気《き》がつくと、縁側《えんがわ》から見《み》える空《そら》はだいぶかげっていた。

「そろそろ帰《かえ》ろうかな」

蓮人《れんと》は、あおいの使《つか》ったふとんをたたんだ。玄太《げんた》がなにか言《い》いたそうな顔《かお》でこちらを見《み》ている。

「言《い》わないよ」

蓮人《れんと》は言《い》った。

「おじいさんのこと、だれにも言《い》わないよ」

「ん。わるいな」

「ぼくのぜんそくのこともひみつね」

あおいがちゃっかりつけくわえた。

ぽつぽつとしか外灯《がいとう》のない夕闇《ゆうやみ》の中《なか》を、あおいと歩《ある》く。あおいは下校《げこう》のときのけんかのことなどすっかりわすれてしまったようで、陽気《ようき》に鼻歌《はなうた》を歌《うた》っている。

（ミチヨ……）

どこのだれかわからない、もしかしたらあおいとにているかもしれない、じっちゃんにとってきっと大切《たいせつ》な人《ひと》。あの、きれいなべーゴマの本当《ほんとう》の持《も》ち主《ぬし》であるその人《ひと》のことを、蓮人《れんと》は知《し》りたいと思《おも》った。

五　平和資料館《へいわしりょうかん》

「あ、玄太《げんた》くんだぁ」

あおいが、まっすぐに続《つづ》く一本道《いっぽんみち》をかけ出《だ》す。ちょうど、玄太《げんた》が家《いえ》の門扉《もんぴ》から出《で》てきたところだった。背《せ》には、ランドセルではなく、リュックサック。蓮人《れんと》もあおいも同《おな》じだ。

蓮人《れんと》も玄太《げんた》にかけよった。足音《あしおと》に気《き》づいた玄太《げんた》がふりむく。

「おはよ。あおい、そんなに走《はし》って平気《へいき》か？」

「平気平気《へいきへいき》！　今日《きょう》は遠足《えんそく》だもん。はりきっていかなきゃ」

「学校《がっこう》につくまでに息《いき》ぎれするぞ」

「平気《へいき》だってば」

心配《しんぱい》そうな顔《かお》をした玄太《げんた》に、あおいは胸《むね》をたたいて見《み》せた。玄太《げんた》のとなりにならぶと、意気《いき》揚々《ようよう》と歩《ある》き出《だ》す。

（まったく調子《ちょうし》いいな）

蓮人《れんと》は肩《かた》をすくめた。

玄太《げんた》の家《いえ》をとおりすぎるときに、鼻《はな》をひくひくさせてみた。ほのかにじり焼《や》きのにおいがする。

（じっちゃん、今日《きょう》は元気《げんき》なんだな）

蓮人《れんと》はほっと息《いき》をはいた。

こんな風《ふう》に、玄太《げんた》の家《いえ》の前《まえ》でにおいをかぐのが、登下校《とうげこう》のときのくせになっている。じり焼《や》きをつくっているときは、じっちゃんの気分《きぶん》がいい。玄太《げんた》がそう言《い》っていたので、におう日《ひ》はほっとしたり、反対《はんたい》になにもにおわない日《ひ》はやきもきしたりしている。

やきもきする日《ひ》の方《ほう》が多《おお》いけれど、玄太《げんた》に言《い》わせると、「そんなに毎日毎日《まいにちまいにち》つくらんって」らしい。

けれど、たまにじり焼《や》きの、あのあまいにおいがただよってくると、蓮人《れんと》はふしぎと安心《あんしん》するのだ。

もうすぐ四月《がつ》がおわる。今日《きょう》は、小学校全学年《しょうがっこうぜんがくねん》そろっての遠足《えんそく》の日《ひ》だ。春《はる》の恒例行事《こうれいぎょうじ》らしい。

今回《こんかい》は、最近《さいきん》できた市《し》の施設《しせつ》である、平和資料館《へいわしりょうかん》の見学《けんがく》もかねているそうだ。

「遠足《えんそく》で歩《ある》く距離《きょり》より、通学路《つうがくろ》の方《ほう》が長《なが》いもんな。毎日遠足《まいにちえんそく》しちょるようなもんや」

玄太《げんた》がぼやいている。

丸《まる》四年間登下校《ねんかんとうげこう》をくり返《かえ》している玄太《げんた》ですら、この距離《きょり》はきついのだろう。それでもあおいは、転校《てんこう》して以来一日《いらいいちにち》も学校《がっこう》を休《やす》んでいない。お母《かあ》さんと近所《きんじょ》の病院《びょういん》に定期受診《ていきじゅしん》に行《い》っているので、完全《かんぜん》に治療《ちりょう》をやめたわけではないようだけれど、とにかくあおいの体調《たいちょう》は確実《かくじつ》によくなっているはずだ。

（こんなにかんたんに元気《げんき》になるんなら、転校《てんこう》しなくたってよかったんじゃないか？）

蓮人《れんと》はふっと思《おも》った。

今日《きょう》は教室《きょうしつ》ではなく、グラウンドに集合《しゅうごう》する。全校児童《ぜんこうじどう》で校長先生《こうちょうせんせい》の話《はなし》を聞《き》き、それからすぐに出発《しゅっぱつ》となった。一年生《ねんせい》は六年生《ねんせい》と手《て》をつなぎ先頭《せんとう》を行《い》く。ほかの学年《がくねん》は二年生《ねんせい》から順《じゅん》に、二列《れつ》にならんで校門《こうもん》をスタートする。蓮人《れんと》たち五年生《ねんせい》は最後《さいご》だ。

平和資料館《へいわしりょうかん》は小学校《しょうがっこう》をはさんで通学路《つうがくろ》と反対方面《はんたいほうめん》にあるため、蓮人《れんと》がその道《みち》を歩《ある》くのははじめてだった。といっても、景色《けしき》は通学路《つうがくろ》とそうかわらない。麦畑《むぎばたけ》の広《ひろ》がるのどかな風景《ふうけい》だ。

しだいに列《れつ》がみだれてきた。はじめは男女《だんじょ》で二列《れつ》になっていたのに、気《き》づくとまわりは友達《ともだち》同士《どうし》で歩《ある》いている。

「ひーろせくん」

横《よこ》から顔《かお》をのぞきこまれてふりむくと、美里《みさと》がとなりにいた。

美里《みさと》はこのあいだのことなどわすれているかのように、にこっとわらいかけてきた。

「最近広瀬《さいきんひろせ》くん、玄太《げんた》くんと仲《なか》いいよねぇ」

いきなり話《はな》しかけられ、蓮人《れんと》はたじろいだ。

玄太《げんた》と仲《なか》がよくなったのはあおいをたすけてもらった一件《いっけん》からだけれど、細《こま》かい説明《せつめい》はできない。うっかりじっちゃんのことをもらしてしまっては大変《たいへん》だ。じっちゃんのことはひみつにしておく。玄太《げんた》との約束《やくそく》だ。

「そうかな」

蓮人《れんと》は平静《へいせい》をよそおって答《こた》えた。

「そうだよ。登下校《とうげこう》もいっしょじゃない」

「弟《おとうと》がなついてるんだよ。玄太《げんた》のことをすきみたいでさ」

「玄太《げんた》くんって、ぶっきらぼうに見《み》えて、案外《あんがい》やさしいからね」

「ふうん」

「最近《さいきん》はドッジもいっしょにやってるよね。すっかりクラスの一員《いちいん》じゃない」

「よく見《み》てるな」

「学級委員長《がっきゅういいんちょう》ですからね」

玄太《げんた》が心《こころ》を開《ひら》いたことで、ほかの男子《だんし》も蓮人《れんと》に話《はな》しかけやすくなったようだ。今《いま》ではすっかり、蓮人《れんと》はクラスになじんでいる。

女子《じょし》たちからどう思《おも》われているかはわからないけれど、とりあえず同性《どうせい》の男子《だんし》とうまくつき合《あ》えるようになって、蓮人《れんと》はほっとしていた。

「ねえ。転校早々《てんこうそうそう》きらわれるなんて、玄太《げんた》くんとなにがあったの？」

美里《みさと》はずけずけ聞《き》いてくる。玄太《げんた》と仲《なか》よくなった今《いま》だからこそ聞《き》けるのかもしれないけれど、それにしてもずうずうしい。

それに、なにかが鼻《はな》につく……。

「ちょっと、前《まえ》の男子《だんし》！　ちゃんと歩《ある》いて！」

美里《みさと》が、ふざけて今《いま》にも歩道《ほどう》を飛《と》び出《だ》しそうな男子《だんし》ふたりを注意《ちゅうい》する。しかられた男子《だんし》たちは、とたんにまっすぐに歩《ある》き出《だ》した。

そうだ、と蓮人《れんと》は思《おも》った。

鼻《はな》につくのは美里《みさと》のしゃべり方《かた》だ。学級委員長《がっきゅういいんちょう》でクラスのことはなにかとまとめたがるくせに、この土地《とち》の方言《ほうげん》はしゃべらない。蓮人《れんと》と同《おな》じ標準語《ひょうじゅんご》なのだ。そういうところがきどっているように思《おも》える。

「もう。男子《だんし》ってふまじめなんだから……。そうそう、広瀬《ひろせ》くんが転校《てんこう》してきた初日《しょにち》から、玄《げん》太《た》くんの態度《たいど》、変《へん》だったよね？　ねぇ、なにがあったの？」

美里《みさと》はなおも聞《き》いてくる。

「なにもないって。都会《とかい》から来《き》た転校生《てんこうせい》ってのが、気《き》にくわなかっただけだろ」

「でも……」

「今《いま》は仲《なか》よくやってるんだから、いいだろ。もうおせっかいな学級委員長様《がっきゅういいんちょうさま》に迷惑《めいわく》はかけないからさ」

しまった。いやみな言《い》い方《かた》になってしまった。

あわててとなりを見《み》る。美里《みさと》は今《いま》にも泣《な》きそうな顔《かお》をしていた。

「あ……。ご、ごめん」

「いいよ、もう」

美里《みさと》はつんとあごをあげて、前《まえ》を歩《ある》く女子《じょし》の輪《わ》に入《はい》っていった。

感情《かんじょう》の起伏《きふく》のはげしい美里《みさと》は、どことなくお母《かあ》さんににている。

(調子《ちょうし》、くるうなぁ)

蓮人《れんと》は小《ちい》さくため息《いき》をついた。


しばらく行《い》くと、白《しろ》い建物《たてもの》が見《み》えてきた。先《さき》についていたほかの学年《がくねん》の児童《じどう》が、ぞろぞろと入《い》り口《ぐち》にむかっている。ここが平和資料館《へいわしりょうかん》のようだ。

四月《がつ》とはいえ長時間歩《ちょうじかんある》いたせいで、からだは汗《あせ》ばんでいた。ようやく目的地《もくてきち》にたどりつき、蓮人《れんと》はほっと息《いき》をついた。

目《め》の前《まえ》の建物《たてもの》は、すっきりとした近代的《きんだいてき》な外観《がいかん》だった。

「きれいな建物《たてもの》だな」

そうつぶやいたとき、ふいに肩《かた》をたたかれた。

一番《いちばん》うしろを歩《ある》いていたはずの玄太《げんた》が、いつのまにかとなりに立《た》っている。

「この施設《しせつ》、最近《さいきん》できたばかりやからな。今年《ことし》は二〇一五年《ねん》やから戦後《せんご》七十年《ねん》や。それに合《あ》わせてつくられたらしい」

「へえ。戦後《せんご》七十年《ねん》なんだ……」

「蓮人《れんと》、そんなことも知《し》らんか？　っていうか、おれたちが特別《とくべつ》くわしいだけかな」

「え？　どうして特別《とくべつ》くわしいんだよ」

玄太《げんた》にそうたずねて、蓮人《れんと》はふっと、以前玄太《いぜんげんた》から聞《き》いたことを思《おも》い出《だ》した。

じっちゃんは、昔戦争《むかしせんそう》に行《い》った。認知症《にんちしょう》になって、時々心《ときどきこころ》がそのころにもどる。

（ってことは、もしかしたら、ミチヨは昔《むかし》の知《し》り合《あ》いなのかな……）

登下校中《とうげこうちゅう》は、あおいが玄太《げんた》にしゃべりかけてばかりなので、じっちゃんの話題《わだい》をふるタイミングがつかめない。教室《きょうしつ》ではだれが聞《き》いているかわからないので、やはりじっちゃんのことはの人物《じんぶつ》だ。

話《はな》せない。そもそも、玄太《げんた》もミチヨについて知《し》らないようだ。だから、ミチヨはいまだになぞ

「あのさ」

蓮人《れんと》がミチヨのことを切《き》り出《だ》そうとすると、

「とりあえず、中《なか》に入《はい》ろう」

と、玄太《げんた》にうながされた。いつのまにか、蓮人《れんと》と玄太《げんた》をのぞく全員《ぜんいん》が、資料館《しりょうかん》に入《はい》っている。

蓮人《れんと》はあわてて室内《しつない》へと足《あし》をふみ入《い》れた。

（あ、気持《きも》ちいい……）

ひんやりとした空気《くうき》がからだをつつみこむ。汗《あせ》ばんだひたいや首《くび》すじが一気《いっき》に冷《ひ》え、一瞬《いっしゅん》にしてからだが軽《かる》くなったようだ。

が、次《つぎ》の瞬間《しゅんかん》、視界《しかい》に入《はい》ってきたものに、蓮人《れんと》はおどろいて立《た》ち止《ど》まってしまった。

だだっ広《ぴろ》い室内《しつない》の中央《ちゅうおう》に、飛行機《ひこうき》が置《お》かれていたのだ。

蓮人《れんと》はひきよせられるように飛行機《ひこうき》に近《ちか》づいた。すでに、先《さき》に入《はい》っていた何人《なんにん》もが周囲《しゅうい》をとりかこんでいる。横《よこ》には、数段《すうだん》ほどのはしごのような階段《かいだん》があり、上《のぼ》ってコックピットをのぞきこんでいる子《こ》もいる。

全長《ぜんちょう》十メートル近《ちか》くある深緑色《ふかみどりいろ》の機体《きたい》は、ところどころさびたように色《いろ》がはげ、銀色《ぎんいろ》のアル

ミのような部分《ぶぶん》がむきだしになっている。日《ひ》の丸《まる》だろうか、機体《きたい》のちょうど真《ま》ん中《なか》あたりに、赤《あか》く丸《まる》いペイントが大《おお》きくほどこされている。

翼《つばさ》は、蓮人《れんと》が手《て》をのばしてやっととどくくらい高《たか》い位置《いち》にとりつけられている。片方《かたほう》だけで長《なが》さ五メートルはあり、やはり日《ひ》の丸《まる》がえがかれている。三枚《まい》のプロペラは、今《いま》にも音《おと》を立《た》てまわり出《だ》しそうだ。

「これ、本物《ほんもの》なのかな？」

蓮人《れんと》は、目《め》の前《まえ》の飛行機《ひこうき》にくぎづけになった。

「本物《ほんもの》……じゃないな。模型《もけい》って書《か》いちょる」

玄太《げんた》が説明《せつめい》の書《か》かれたプレートを読《よ》む。

「零式艦上戦闘機《れいしきかんじょうせんとうき》二一型《がた》。原寸大模型《げんすんだいもけい》だってさ。いわゆるゼロ戦《せん》や」

「ゼロ戦《せん》……」

「聞《き》いたことないか？」

「なんとなく、は……」

なにかヒントになるものを見《み》つけたくて、蓮人《れんと》は目《め》をおよがせた。と、そばの壁《かべ》に年表《ねんぴょう》のような資料《しりょう》がはられているのを見《み》つけた。題名《だいめい》は、海軍航空隊《かいぐんこうくうたい》の歴史《れきし》。

「海軍航空隊《かいぐんこうくうたい》……？」

「昔《むかし》このへんに、航空隊《こうくうたい》の基地《きち》があったんや」

「へぇ。はじめて聞《き》いた」

「うちの小学校《しょうがっこう》のやつらは、みんな知《し》っちょると思《おも》うぞ」

「ほぅ。さすがじゃな」

ふたりの目《め》の前《まえ》に、白髪《しらが》まじりのおじいさんがひょっこりと顔《かお》を出《だ》した。

「ここでガイドをしちょる、白石《しらいし》といいます」

首《くび》からさげたカードには『平和資料館《へいわしりょうかん》ボランティアガイド』と書《か》かれている。蓮人《れんと》と玄太《げんた》はおじぎをした。

白石《しらいし》さんはぐるりと室内《しつない》を見《み》まわすと、

「みんなかなりくわしいなぁ。説明《せつめい》することが見《み》あたらんわい」

と、感心《かんしん》したように言《い》った。

たしかに、一年生《ねんせい》はいっしょにいる六年生《ねんせい》から説明《せつめい》を受《う》けているし、ほかの学年《がくねん》の児童《じどう》たちも、先生《せんせい》に聞《き》くでもなくそれぞれ資料《しりょう》を見《み》てまわっている。

「学校《がっこう》で、よく平和授業《へいわじゅぎょう》があるんで」

玄太《げんた》が少《すこ》しはずかしそうに言《い》った。

「きみは、ここの子《こ》やないんかい？」

白石《しらいし》さんにたずねられ、蓮人《れんと》は、

「転校《てんこう》してきたばかりです」

と答《こた》えた。

「それなら、ガイドのやりがいがあるな」

白石《しらいし》さんがとたんに鼻息《はないき》をあらくする。

「蓮人《れんと》、説明《せつめい》してもらえよ」

玄太《げんた》に言《い》われて、蓮人《れんと》はうなずいた。

白石《しらいし》さんが案内《あんない》してくれたのは、壁《かべ》にはられた一枚《まい》のモノクロの写真《しゃしん》の前《まえ》だった。空《そら》から写《うつ》した航空写真《こうくうしゃしん》で、大《おお》きくひきのばされている。

「この航空写真《こうくうしゃしん》は、戦後数年《せんごすうねん》たって写《うつ》されたものじゃ。航空基地《こうくうきち》は写真《しゃしん》のちょうど中央部分《ちゅうおうぶぶん》にあったんじゃ」

白石《しらいし》さんが手《て》をのばしてさししめす。

「中央《ちゅうおう》って、点々《てんてん》があるところですか?」

見《み》わたすかぎりの田畑《たはた》が広《ひろ》がる中《なか》に、四角《しかく》く整備《せいび》された区域《くいき》がある。田《た》んぼ百枚以上《まいいじょう》はありそうな広大《こうだい》な敷地《しきち》に、和紙《わし》に墨汁《ぼくじゅう》を落《お》としたような丸《まる》い点《てん》が無数《むすう》についている。

「よう気《き》づいた。その点《てん》は、爆撃《ばくげき》を受《う》けた跡《あと》なんじゃ。まわりの田畑《たはた》にくらべて、集中的《しゅうちゅうてき》に爆《ばく》

弾《だん》を落《お》とされちょるのがわかるじゃろ」

「爆撃《ばくげき》……」

「七十年前《ねんまえ》のちょうど今《いま》ごろ、四月《がつ》のことじゃ。B《ビー》29による空襲《くうしゅう》で、航空基地《こうくうきち》は大《おお》きな被害《ひがい》を受《う》けたんじゃ。それだけやない。たび重《かさ》なる空襲《くうしゅう》で、あたりは焼《や》け野原《のはら》になり、たくさんの人《ひと》たちが亡《な》くなったんじゃ。きみたちの小学校《しょうがっこう》も焼《や》けた。今《いま》の校舎《こうしゃ》は建《た》てなおされたものなんじゃ。空襲《くうしゅう》は八月《がつ》の終戦《しゅうせん》まで、幾度《いくど》となくこの町《まち》をおそった」

ほんの七十年前《ねんまえ》に、この土地《とち》が、こんなのどかな田舎町《いなかまち》が焼《や》け野原《のはら》になった。たくさんの人《ひと》が亡《な》くなった。にわかには信《しん》じられないことだった。

「小学校《しょうがっこう》からまっすぐに続《つづ》く一本道《いっぽんみち》があるじゃろ。あのあたりに航空基地《こうくうきち》があったんじゃが、わかるじゃろうか」

「あ……わかります」

通学路《つうがくろ》にある、あの、ふしぎな形《かたち》のドームのあたりだろうか。ということは、ドームも航空《こうくう》基地《きち》に関係《かんけい》があるのだろうか。

「あの道《みち》は滑走路《かっそうろ》……戦闘機《せんとうき》が走《はし》る道《みち》だったんじゃ。あそこから、たくさんの若者《わかもの》がゼロ戦《せん》に乗《の》って飛《と》び立《た》っていった。特攻隊《とっこうたい》というやつじゃ。聞《き》いたことくらいはあるじゃろ」

蓮人《れんと》はうなずいた。ゼロ戦《せん》も特攻隊《とっこうたい》もB《ビー》29も聞《き》いたことはある。が、それはただ、名前《なまえ》を知《し》っているというだけのことだった。けれど今《いま》、自分《じぶん》が滑走路《かっそうろ》だった道《みち》を毎日《まいにち》歩《ある》いているのだと知《し》り、その存在《そんざい》がじわじわと現実味《げんじつみ》をおびてきた。

「ガラスケースの中《なか》を見《み》てまわってごらん」

白石《しらいし》さんに言《い》われ、蓮人《れんと》は通路《つうろ》にそってならんでいるガラスケースにむかった。

鉄砲《てっぽう》の弾《たま》で撃《う》ちぬかれたようなひびの入《はい》った航空眼鏡《こうくうめがね》。くだけてもなお、圧倒的《あっとうてき》な大《おお》きさのある爆弾《ばくだん》の破片《はへん》。特攻隊員《とっこうたいいん》が書《か》いた遺書《いしょ》や遺歌《いか》。それに、基地《きち》での生活《せいかつ》や心《こころ》の内《うち》をつづった日記《にっき》。

（本当《ほんとう》なんだ……。本当《ほんとう》のことなんだ……）

蓮人《れんと》の背中《せなか》がすぅっと寒《さむ》くなっていった。

とん、と背中《せなか》をたたかれてわれに返《かえ》ると、白石《しらいし》さんがとなりに立《た》っていた。もしかしたら、血《ち》の気《け》がうせていたのかもしれない。白石《しらいし》さんは心配《しんぱい》そうな顔《かお》で蓮人《れんと》を見《み》ている。

「あの……白石《しらいし》さんは、戦争《せんそう》を体験《たいけん》されているんですか？」

蓮人《れんと》はかすれる声《こえ》でたずねた。

「わしは終戦《しゅうせん》の年《とし》に生《う》まれたから、直接《ちょくせつ》は知《し》らんのよ。じゃけど、子《こ》どものころはまだ戦争《せんそう》の跡《あと》がこの町《まち》のいたるところに残《のこ》っていたからな。親《おや》からもたくさん話《はなし》を聞《き》かされて、そのせいで夜中《よなか》にこわくなって小便《しょうべん》をもらしたこともあったわい」

白石《しらいし》さんが遠《とお》い昔《むかし》をなつかしむように、目《め》を細《ほそ》めた。

「今《いま》でも、戦争《せんそう》の跡《あと》ってあるんでしょうか」

「もちろんじゃ。昔《むかし》にくらべればずいぶん少《すく》なくなったがな。爆弾池《ばくだんいけ》や掩体壕《えんたいごう》や……」

「エンタイゴウ？」

そのとき、先生《せんせい》の声《こえ》がした。みんなぞろぞろと玄関《げんかん》の方《ほう》へむかっている。資料館《しりょうかん》を出《で》る時間《じかん》のようだ。

「短《みじか》い時間《じかん》じゃったが、ここはあくまでもきっかけの場《ば》じゃからな」

白石《しらいし》さんが言《い》った。

「きっかけ、ですか？」

「ここを見学《けんがく》しても、知《し》りうるのはほんのひとにぎりのことじゃよ。戦後《せんご》七十年《ねん》たって、語《かた》りつぐ者《もの》たちがいなくなっていく今《いま》じゃからこそ、ひとりひとりが戦争《せんそう》を知《し》ろうとする気持《きも》ちが大切《たいせつ》なんじゃ」

白石《しらいし》さんは、蓮人《れんと》を入《い》り口《ぐち》まで送《おく》ってくれた。

「おーい！　蓮人《れんと》！」

先《さき》に出《で》ていた玄太《げんた》が、クラスメートのならぶ列《れつ》から手《て》をふっていた。

「近《ちか》くの広場《ひろば》で弁当《べんとう》だってよ！」

よほどおなかがすいているのか、満面《まんめん》の笑《え》みだ。

蓮人《れんと》は、玄太《げんた》の方《ほう》へとかけ出《だ》した。数歩《すうほ》進《すす》んで、平和資料館《へいわしりょうかん》をふり返《かえ》る。

やわらかな陽《ひ》ざし、からりとあたたかい風《かぜ》、足《あし》もとで舞《ま》っている土《つち》ぼこりや、束《たば》になってさいている菜《な》の花《はな》。

そんな景色《けしき》のすぐそばにあるのに、まるで別世界《べっせかい》の建物《たてもの》のように見《み》えた。

蓮人《れんと》は自分《じぶん》でもおどろくくらい、大《おお》きな息《いき》をはいた。

六　夕暮《ゆうぐ》れの騒動《そうどう》

「お父《とう》さんが夕食《ゆうしょく》のときにいるなんて、めずらしいね」

あおいがはずんだ声《こえ》をあげる。

夕方《ゆうがた》六時《じ》、ちゃぶ台《だい》に、ひさしぶりに家族全員《かぞくぜんいん》がそろった。

「そうよ、毎日《まいにち》飲《の》んで帰《かえ》るんだから。少《すこ》しは加減《かげん》してもらわないと」

そう小言《こごと》を言《い》うお母《かあ》さんの声《こえ》もやわらかい。

「つき合《あ》いってもんがあるんだよ。それに久々《ひさびさ》の故郷《こきょう》だろ。会《あ》いたいやつらが大勢《おおぜい》いてさ」

お父《とう》さんは仕事《しごと》がおわると、おさななじみや学生時代《がくせいじだい》の同級生《どうきゅうせい》に会《あ》って、お酒《さけ》を飲《の》んで帰《かえ》ってくる。それも、ほぼ毎日《まいにち》だ。

「でも、ほどほどにしてね。最近太《さいきんふと》ってきたんじゃない？」

お母《かあ》さんに指摘《してき》され、お父《とう》さんは「そう言《い》うなよ」と言《い》いながら、頭《あたま》をかく。

「だから、煮物《にもの》？　これ、筑前煮《ちくぜんに》っていうんだよね」

あおいが、ちゃぶ台《だい》にのった大皿《おおざら》から、ひと口《くち》サイズのしいたけをはしで持《も》ちあげた。ほかにも、同《おな》じようにひと口大《くちだい》に切《き》られた鶏肉《とりにく》やにんじん、ごぼう、こんにゃくが、甘辛《あまから》く煮《に》つけられている。

「この筑前煮《ちくぜんに》、九州《きゅうしゅう》ではがめ煮《に》っていうのよね。お父《とう》さんにはなつかしい味《あじ》でしょ。それにあっさりしてるから、メタボ対策《たいさく》にもなるし」

「じゃあ、こっちの揚《あ》げ出《だ》し豆腐《どうふ》はお兄《にい》ちゃんに？　お兄《にい》ちゃん、お豆腐《とうふ》がすきだもんね」

あおいの言葉《ことば》に、蓮人《れんと》は「う、うん」と、もごもご返事《へんじ》をした。たしかに、蓮人《れんと》は豆腐《とうふ》がすきだ。夏《なつ》には冷《ひ》ややっこ、冬《ふゆ》には鍋《なべ》に入《はい》ったあつあつの豆腐《とうふ》。今日《きょう》みたいな、とろりとした餡《あん》のかかった、揚《あ》げ出《だ》し豆腐《どうふ》もいい。小学生《しょうがくせい》にしてはちょっとめずらしいかもしれないけれど。

「そういえば、最近豆腐料理《さいきんとうふりょうり》が多《おお》いね。ぼくもすきだけどさ」

今日《きょう》のあおいはやけによくしゃべる。遠足《えんそく》に行《い》ったせいで、まだ気分《きぶん》が高《たか》ぶっているのかもしれない。

そのとき、ふと視線《しせん》を感《かん》じた。

お母《かあ》さんがこちらを見《み》ている……気《き》がする。

毎夕《まいゆう》の、お母《かあ》さんとあおいとの夕食《ゆうしょく》の時間《じかん》が、蓮人《れんと》は苦手《にがて》だった。

あおいとけんかをしてべつべつに帰《かえ》った日《ひ》、蓮人《れんと》はお母《かあ》さんにどなりかけてしまった。あの日《ひ》以来《いらい》、お母《かあ》さんはいつも気《き》まずそうに、蓮人《れんと》の顔色《かおいろ》をうかがうようにしている。

夕食《ゆうしょく》のあいだはどうしても顔《かお》を合《あ》わせなくてはいけないので、蓮人《れんと》も気《き》づまりだ。

あおいに言《い》われて気《き》づいたけれど、最近《さいきん》みょうに豆腐料理《とうふりょうり》が食卓《しょくたく》にならぶのも、お母《かあ》さんが蓮人《れんと》に気《き》をつかっているせいなのかもしれない。

あれこれ考《かんが》えると、おしりのあたりがむずむずしてきた。今日《きょう》はめずらしくお父《とう》さんがいる。だからいつもよりゆったりとした気持《きも》ちで食《た》べられると思《おも》っていたのに、あおいがいちいち豆《とう》腐《ふ》の話《はなし》などするから……。

「そういえばさ、今日遠足《きょうえんそく》で平和資料館《へいわしりょうかん》に行《い》ったんだけど」

これ以上《いじょう》あおいにしゃべらせたくなくて、蓮人《れんと》は切《き》り出《だ》した。

せっかくの機会《きかい》だ。昼間白石《ひるましらいし》さんに聞《き》きそびれたことを、お父《とう》さんに聞《き》いてみることにしたのだ。ここはお父《とう》さんの故郷《こきょう》だ。いろいろと知《し》っているにちがいない。

「そうそう、遠足《えんそく》でね、ぼくたくさん歩《ある》いたんだ。今日一日《きょういちにち》で、たぶん十キロくらい」

蓮人《れんと》が話《はなし》を続《つづ》けようとしたところで、あおいがわって入《はい》った。

「十キロ？　平和資料館《へいわしりょうかん》ってそんなに遠《とお》かったか？」

お父《とう》さんが目《め》を丸《まる》くする。

（今《いま》、おれが話《はな》してたのに）

蓮人《れんと》はむっとした。話《はなし》をもとにもどそうと、もう一度《いちど》口《くち》を開《ひら》いたそのとき、

「だから、今日一日《きょういちにち》、通学路《つうがくろ》で歩《ある》いた分《ぶん》も合《あ》わせたら、だよ！」

と、またあおいに先《さき》をこされた。

「ほぅ。そんなに歩《ある》いたかぁ」

「うん。でも、全然《ぜんぜん》きつくないよ」

あおいのはねるような声《こえ》に、お父《とう》さんが満足気《まんぞくげ》にうなずく。

「だからって、無理《むり》しないのよ」

お母《かあ》さんがあおいをたしなめる。

「ここのところ、あおいの体調《たいちょう》、ずいぶんいいみたい」

今度《こんど》は、お母《かあ》さんがお父《とう》さんに話《はな》しはじめた。

お父《とう》さんとお母《かあ》さんの会話《かいわ》は止《と》まらない。あおいの新《あたら》しい友達《ともだち》のこと。あおいの背《せ》がまたのび、からだつきもしっかりとしてきたこと。そして、「ここにひっこしてきて、やっぱりよかった」と、会話《かいわ》はそこでしめくくられる。

（もう！　なんなんだよ！）

蓮人《れんと》は、持《も》っていたはしをちゃぶ台《だい》にたたきつけた。

「どうした!?」

「お兄《にい》ちゃん？」

お父《とう》さんとあおいがきょとんとした顔《かお》をする。お母《かあ》さんはおびえた顔《かお》になっている。

（知《し》るか！）

蓮人《れんと》はお母《かあ》さんをぐっと見《み》すえた。

「あおいあおい、ってうるさいんだよ！　あおいの都合《つごう》でこんなところにつれてこられた、こっちの身《み》にもなれよ！」

煮《に》えたぎった気持《きも》ちのまま、居間《いま》を飛《と》び出《だ》す。サンダルをつっかけると、そのままのいきおいで外《そと》に出《で》た。

太陽《たいよう》はしずんでいるけれど、陽《ひ》の光《ひかり》はまだ少《すこ》しだけ残《のこ》っていた。空《そら》は朱色《しゅいろ》と紫色《むらさきいろ》で、厚《あつ》ぼったい雲《くも》は濃紺色《のうこんいろ》と灰色《はいいろ》で、めちゃくちゃな色《いろ》の組《く》み合《あ》わせのその下《した》を、蓮人《れんと》はただひたすら走《はし》った。

走《はし》りつかれて立《た》ち止《ど》まる。なまぬるい空気《くうき》が汗《あせ》ばんだからだを冷《ひ》やし、蓮人《れんと》はぶるりと身《み》ぶるいをした。

（ついに、言《い》ってしまった……）

ずっと心《こころ》に秘《ひ》めていたことを、ついに口《くち》にしてしまった。

（でも、しかたないじゃないか。本音《ほんね》を言《い》っただけなんだ……）

言《い》いたくて、言《い》えなくて、舌《した》の根《ね》っこのあたりでいつもごろごろとうごめいていた。

そのごろごろを、ついにはき出《だ》した。それも、思《おも》いきり。

（なのに、どうしてすっきりしないんだろう……）

どなった瞬間《しゅんかん》は、長《なが》いあいだ指《ゆび》にささっていた木《き》の破片《はへん》を、ようやくぬいたような気分《きぶん》になった。でも今《いま》は、その指《ゆび》が化膿《かのう》してじくじくと痛《いた》むような、そんな痛《いた》みが胸《むね》の奥《おく》に広《ひろ》がっている。

このままじゃ家《いえ》に帰《かえ》れない。あおいに、お母《かあ》さんに、どんな顔《かお》で会《あ》えばいいのだろう。

たたずむ蓮人《れんと》の耳《みみ》に、さわさわ、と音《おと》がした。目《め》の前《まえ》に広《ひろ》がる麦畑《むぎばたけ》に目《め》をやると、麦《むぎ》がわずかにそよぐ風《かぜ》にゆれていた。朝《あさ》や夕方《ゆうがた》、ランドセルを鳴《な》らしながら歩《ある》いているのでは聞《き》こえないくらいの、ささやかな音《おと》だ。

ふしぎと心《こころ》にしみた。その音色《ねいろ》に、なぐさめられている気《き》がした。

と、夕暮《ゆうぐ》れの中《なか》に人影《ひとかげ》が見《み》えた。

ひょろりと細長《ほそなが》く、ゆらゆらとゆれるように歩《ある》いている。

人影《ひとかげ》はそのまま、なにかにすいよせられるように、あぜ道《みち》に入《はい》っていった。ゆっくりだけれど止《と》まることのない、迷《まよ》いのない歩《ある》き方《かた》だ。

（だれだろう。どこかで見《み》たことのあるシルエットだけど……）

蓮人《れんと》はしばらく人影《ひとかげ》を目《め》で追《お》った。

人影《ひとかげ》の顔《かお》は前《まえ》をむいている。遠《とお》くむこうにそびえる小高《こだか》い山《やま》を見《み》ているようにも見《み》える。今日最後《きょうさいご》の陽《ひ》の光《ひかり》が、山《やま》のふちをかたどっている。思《おも》わず見《み》とれるような美《うつく》しさだ。人影《ひとかげ》は、そこを目指《めざ》して歩《ある》いているように思《おも》える。

（あの人影《ひとかげ》ってもしかして……）

玄太《げんた》のひいおじいさん……じっちゃんににている。

蓮人《れんと》はあわててあとを追《お》った。用水路《ようすいろ》に落《お》ちないように気《き》をつけながらあぜ道《みち》を走《はし》る。

あっというまに追《お》いついた。よろりとしたシャツと、ステテコのようなぺらっとしたズボン姿《すがた》。がりがりにやせた背中《せなか》はやはり、じっちゃんだ。

蓮人《れんと》はあたりを見《み》まわした。けれど、だれもいない。

玄太《げんた》は、じっちゃんがひとりで外《そと》に出《で》ていることを知《し》っているのだろうか。そもそも、じっちゃんはどうしてこんなところにいるのだろうか。

心配《しんぱい》になった。とりあえず、おそるおそる声《こえ》をかけてみる。

「あの、なにをしてるんですか？」

すると、じっちゃんがふり返《かえ》った。ぼんやり焦点《しょうてん》の合《あ》わないような目《め》をこらし、蓮人《れんと》を見《み》る。

「ミチヨ……。ミチヨはどこじゃ？」

なにかのスイッチをおしてしまったかのように、じっちゃんの顔《かお》がみるみるうちにくしゃくしゃになっていく。そして、しわくちゃの手《て》で顔《かお》をおおった。肩《かた》をふるわせ、泣《な》いている。

（ミチヨをさがしてるのか？）

蓮人《れんと》はどうしていいかわからず、じっちゃんの背中《せなか》をそっとさすった。

どのくらい時間《じかん》がたっただろう。やがてじっちゃんが顔《かお》をあげた。

「ミヤマキリシマを見《み》に行《い》くんじゃ。見《み》たい、見《み》たいとゆうちょったじゃろ」

（ミヤマキリシマ？）

「おーい！　じっちゃーん！」

そのとき、背中《せなか》から声《こえ》がふってきた。蓮人《れんと》がふり返《かえ》ると、玄太《げんた》があぜ道《みち》をかけてくるところだった。

「こんなところにおったんか……。ずいぶん、さがしたんやぞ……」

玄太《げんた》はあらく息《いき》をしながら、とぎれとぎれにそう言《い》った。じっちゃんが顔《かお》をあげる。

「玄太《げんた》、か……」

「そうだよ、じっちゃん」

それから、玄太《げんた》は蓮人《れんと》にむきなおった。

「遠足《えんそく》から帰《かえ》ったら、じっちゃんの姿《すがた》がなくてさ。今《いま》まで、家族全員《かぞくぜんいん》でさがしちょったんや。ずっといっしょにおったんか？」

「たまたまとおりかかったら、見《み》つけたんだ」

「そっか。サンキューな」

玄太《げんた》がつかれた顔《かお》でわらう。その玄太《げんた》のうしろからおじさんが走《はし》ってきた。お父《とう》さんにしては少《すこ》し年配《ねんぱい》のようだ。玄太《げんた》のおじいさんだろうか。

「あ、じいちゃんが来《き》た」

玄太《げんた》がつぶやいた。そのあとで、「じっちゃんの息子《むすこ》ってことな」と、蓮人《れんと》に説明《せつめい》する。

「はぁ。やっと見《み》つけた……」

『じっちゃんの息子《むすこ》』は、深《ふか》くため息《いき》をついた。ひょろりとした背《せ》かっこうがじっちゃんにそっくりだ。

「蓮人《れんと》……おれの友達《ともだち》が見《み》つけてくれた」

玄太《げんた》が言《い》うと、『じっちゃんの息子《むすこ》』が「それはすまんかったねぇ」と、頭《あたま》をさげた。

「最近《さいきん》、認知症《にんちしょう》がだいぶ進行《しんこう》してなぁ。たまにこんな風《ふう》になるんよ」

『じっちゃんの息子《むすこ》』も手《て》をやいているのだろう。つかれた顔《かお》で、じっちゃんの背《せ》をなでる。

じっちゃんはまだ山《やま》を見《み》ていた。口《くち》の中《なか》で、なにかもごもごとつぶやいている。

「あのぅ、ミチヨって人《ひと》をさがしてここに来《き》たみたいなんですけど……。ミチヨさんを知《し》ってますか？」

蓮人《れんと》はそう聞《き》いてみた。息子《むすこ》ならなにか知《し》っているかもしれない。

とたんに、『じっちゃんの息子《むすこ》』の顔《かお》がくもった。夕闇《ゆうやみ》の中《なか》でもわかるほどに。

「じいちゃん、なにか知《し》っちょるんか？」

玄太《げんた》がたたみかけるようにたずねる。

けれど、『じっちゃんの息子《むすこ》』は首《くび》をふる。

「知《し》らん。ミチヨなんて名《な》は知《し》らん」

あきらかに、知《し》っている態度《たいど》だ。

「はよ帰《かえ》るぞ。みんな心配《しんぱい》しちょるから」

『じっちゃんの息子《むすこ》』は、じっちゃんの脇《わき》をかかえて、にげるように帰《かえ》っていってしまった。

じっちゃんは何度《なんど》も蓮人《れんと》をふり返《かえ》り、くしゃくしゃな顔《かお》をさらにゆがませた。

「じいちゃん……。なにをかくしちょるんや」

さっていくふたりの背《せ》に、玄太《げんた》がつぶやいた。

あぜ道《みち》をもどり道路《どうろ》に出《で》ると、玄太《げんた》がポケットに手《て》をつっこんだ。コインが数枚《すうまい》出《で》てくる。

玄太《げんた》は、そばに立《た》っている自動販売機《じどうはんばいき》でコーラを二本買《ほんか》い、一本《ぽん》を蓮人《れんと》にさし出《だ》した。

「いいの？」

「うん」

玄太《げんた》は缶《かん》のプルトップを開《あ》けると、ぐいぐい飲《の》んだ。よほどのどがかわいていたのだろう。

「ミチヨのこと、知《し》ってるみたいだったね」

玄太《げんた》がコーラを飲《の》みほしたのを見《み》はからって、蓮人《れんと》は切《き》り出《だ》した。

「じっちゃん、ミチヨをさがしてたみたいだったよ。あと、ミヤマなんとかって言《い》ってた」

「ミヤマなんとか？」

玄太《げんた》がけげんな顔《かお》をする。玄太《げんた》も聞《き》いたことのない言葉《ことば》のようだ。

「ごめん。知《し》らない単語《たんご》で、よく思《おも》い出《だ》せないけど。それを見《み》に行《い》くって言《い》ってた。ミチヨが見《み》たいって言《い》ってたって。……それにしても、ミチヨってだれなんだろう」

ここまでじっちゃんの心《こころ》をかきみだすミチヨとは、一体《いったい》……。

玄太《げんた》がため息《いき》をついた。

「じっちゃんに聞《き》くこともできるけど、また泣《な》き出《だ》したりわめいたりしそうやから、聞《き》くに聞《き》けん。傷口《きずぐち》をわざわざこじ開《あ》けるみたいでさ。やるせないよ」

「うん」

「じいちゃんにも、もう無理《むり》かな」

「ごめん。おれがミチヨのこと、いきなり聞《き》いたりしたから」

「いや、そうやない。ミチヨは戦争《せんそう》にかかわる人《ひと》かもしれんからな」

それは蓮人《れんと》も思《おも》っていたことだった。

けれどあえて、「なんでそう思《おも》うんだ?」と聞《き》いてみる。

「じっちゃん、認知症《にんちしょう》になって、戦争《せんそう》のころの記憶《きおく》がもどるようになったやろ。だから、ミチヨも戦争《せんそう》に関係《かんけい》あるんかなって。だとしたら、もうおれには聞《き》けんなって」

「なんで?」

「だってさ、戦争《せんそう》のことを聞《き》くのって、勇気《ゆうき》がいるよ」

玄太《げんた》は、はぁと息《いき》をはいた。

「今日《きょう》の遠足《えんそく》みたいに平和資料館《へいわしりょうかん》で学《まな》ぶとか、全然関係《ぜんぜんかんけい》ない人《ひと》から話《はなし》を聞《き》くとか、そういうのはいいんや。でも、家族《かぞく》から聞《き》くのはちょっとちがう。すごくリアルに感《かん》じると思《おも》う。だからこわくて、知《し》りたいけど、ためらう気持《きも》ちもある」

「うん……」

平和資料館《へいわしりょうかん》の白石《しらいし》さんが言《い》っていた。知《し》ろうとする気持《きも》ちが大切《たいせつ》だと。けれど、実際《じっさい》に戦争《せんそう》を体験《たいけん》した人《ひと》にたずねるのは、きっと想像以上《そうぞういじょう》に困難《こんなん》だ。

蓮人《れんと》がお父《とう》さんに聞《き》こうとしたのも、たぶん、お父《とう》さんが戦争《せんそう》を体験《たいけん》していない人《ひと》だからだろう。もしも、戦争《せんそう》の時代《じだい》を生《い》きぬいたおじいちゃんとおばあちゃんが生《い》きていたのだとしたら、かんたんにたずねることはできないにちがいない。

「でも、ミチヨのことはやっぱり気《き》にはなるけどな。戦時中《せんじちゅう》の知《し》り合《あ》いだとしたら、調《しら》べる方《ほう》法《ほう》はひとつしかない。じっちゃんかじいちゃんに聞《き》くしかさ」

ミチヨはずっと昔《むかし》の人《ひと》、それも戦争《せんそう》に関係《かんけい》のある人《ひと》にちがいない。

蓮人《れんと》はあらためて思《おも》った。

認知症《にんちしょう》がきっかけで、おじいさんの過去《かこ》につながる心《こころ》の扉《とびら》が、ふいに開《ひら》いてしまった。きっとそうにちがいない。

ミチヨがベーゴマの持《も》ち主《ぬし》であることも、その証拠《しょうこ》になる。今《いま》どきの子《こ》どもは、ベーゴマなんかではあそばない。蓮人《れんと》自身《じしん》、ベーゴマという言葉《ことば》も、存在《そんざい》すらも、知《し》らなかったくらいだ。

「おーい！　蓮人《れんと》！」

背中《せなか》から声《こえ》がふってきた。

ふり返《かえ》ると、お父《とう》さんが夕闇《ゆうやみ》の中《なか》をとろとろと走《はし》ってくるところだった。

今《いま》にもたおれそうな調子《ちょうし》で走《はし》ってきたお父《とう》さんは、ようやく蓮人《れんと》の前《まえ》にたどりつき、ひぃひぃと肩《かた》で息《いき》をした。

「じゃ、おれ帰《かえ》るわ」

玄太《げんた》がお父《とう》さんに頭《あたま》をさげ、そしてかけていく。その背中《せなか》はすぐに夕闇《ゆうやみ》にとけた。いつのまにか、すっかり暗《くら》くなっている。

お父《とう》さんがようやく息《いき》をととのえ、

「帰《かえ》ろう。みんな、待《ま》ってるぞ」

と、蓮人《れんと》に手《て》をさし出《だ》した。

(そうだった。家《いえ》を飛《と》び出《だ》してきたんだ……)

蓮人《れんと》はうつむいた。

「心配《しんぱい》してるよ、お母《かあ》さんも」

お父《とう》さんが蓮人《れんと》の顔《かお》をのぞきこむ。

「うそだ。お母《かあ》さんはあおいのことばっかりだろ」

「そんなことはないさ」

「あるよ」

「そりゃあ、今《いま》はあおいのことばっかりかもしれない。実際《じっさい》、あおいはぜんそくで苦《くる》しい思《おも》いもしたし、学校《がっこう》でつらい思《おも》いもした。でも、蓮人《れんと》になにかあれば、そのときはお母《かあ》さんだって蓮人《れんと》ばっかりになるよ」

「そうかな」

「そうさ。今《いま》は蓮人《れんと》ばっかりになる理由《りゆう》がないだけで。それよりさ」

お父《とう》さんが蓮人《れんと》の右手《みぎて》を指《ゆび》さした。

「そのコーラ、ひと口《くち》くれないか。走《はし》ったら、のどがかわいてかわいて」

「あげない」

蓮人《れんと》は右手《みぎて》を背中《せなか》にかくした。お父《とう》さんを尻目《しりめ》に、家《いえ》にむかって歩《ある》き出《だ》す。

（おればっかりになることなんて、あるのかな）

歩《ある》きながら、そう思《おも》った。

でも、そんな日《ひ》は来《こ》ない方《ほう》がいいのかもしれない。だってそれは、お父《とう》さんやお母《かあ》さんを苦《くる》しませたり悲《かな》しませたりする、ということだから。

ミチヨを思《おも》って苦《くる》しんでいるおじいさんの姿《すがた》を思《おも》い出《だ》して、蓮人《れんと》はそう思《おも》った。

「けちだなぁ。ひと口《くち》くらいくれてもいいじゃないか」

「だめだよ。お母《かあ》さんにメタボって言《い》われてたじゃん」

蓮人《れんと》はコーラをいきおいよくのどに流《なが》しこんだ。

炭酸《たんさん》が、ささくれだった心《こころ》にしみた。

七　あたたかな手《て》

「昨日《きのう》はわるかったな」

遠足《えんそく》の翌日《よくじつ》の下校中《げこうちゅう》、玄太《げんた》が蓮人《れんと》に頭《あたま》をさげた。

「全然《ぜんぜん》。じっちゃんはあれからどうなった？」

「帰《かえ》ったら落《お》ち着《つ》いて、すぐにふとんに入《はい》ったよ」

「よかった」

「あおいの方《ほう》は、大丈夫《だいじょうぶ》なんか？」

「さぁ、どうだろう」

「さぁって……」

玄太《げんた》があきれた顔《かお》をする。

遠足《えんそく》のつかれがたたったのか、今朝《けさ》になってあおいが熱《ねつ》を出《だ》した。「行《い》く」とか「行《い》かない」とかぐずぐずしていたせいで（結局《けっきょく》、お母《かあ》さんに止《と》められて欠席《けっせき》することになった）、蓮人《れんと》まで遅刻《ちこく》ぎりぎりの登校《とうこう》になってしまった。

けれど、あおいのいない通学路《つうがくろ》はなんだか気楽《きらく》だった。自分《じぶん》のペースで歩《ある》けるし、景色《けしき》にも目《め》をやれる。

だだっ広《ぴろ》い畑一面《はたけいちめん》に植《う》えられている麦《むぎ》の背《せ》が、ずいぶんのびた。山《やま》の緑《みどり》は一段《いちだん》と濃《こ》い色《いろ》になっている。からりとした空気《くうき》は土《つち》と緑《みどり》のにおいでいっぱいで、空《そら》は高《たか》く、水色《みずいろ》の絵《え》の具《ぐ》をそのままぬったかのような澄《す》んだ色《いろ》をしている。どこもかしこも、すっかり初夏《しょか》の陽気《ようき》だ。

東京《とうきょう》にいたころは、景色《けしき》で季節《きせつ》を感《かん》じることなんてなかった。暑《あつ》いか寒《さむ》いか、晴《は》れか雨《あめ》か。せいぜいそのくらいの変化《へんか》しか気《き》にかけなかった。

けれど、ここに来《き》てから、蓮人《れんと》はびみょうな季節《きせつ》のうつりかわりを、肌《はだ》で感《かん》じるようになった。平和資料館《へいわしりょうかん》に行《い》ったことも、そんな自分《じぶん》に拍車《はくしゃ》をかけた。

あたり前《まえ》のように見《み》ている景色《けしき》が火《ひ》の海《うみ》になった、そんな時代《じだい》があったこと。あたり前《まえ》の生活《せいかつ》があたり前《まえ》でなかった、そんな時代《じだい》があったこと。それを知《し》って、あらためて、この景色《けしき》の美《うつく》しさをかみしめる。転校《てんこう》する前《まえ》は、こんなことを考《かんが》える自分《じぶん》なんて、想像《そうぞう》もしていなかった。

「あの畑《はたけ》にあるの、なんだろう」

麦《むぎ》の植《う》えられた畑《はたけ》の真《ま》ん中《なか》に、穴《あな》があった。直径《ちょっけい》十メートルはあろうかという、かなり大《おお》きな穴《あな》だ。ぽっかり開《あ》いているわけじゃない。口《くち》の広《ひろ》いちゃわんをうめこんでいるかのように、

ゆるやかなカーブになっている。そこだけバリカンでそったように麦《むぎ》がない。出来《でき》のわるいミステリーサークルみたいだ。

毎日《まいにち》とおっているのに、あきらかに不自然《ふしぜん》なのに、蓮人《れんと》はまったくその穴《あな》に気《き》がつかなかった。それも、あおいに気《き》をとられていたせいにちがいない。

「あれは、戦時中《せんじちゅう》、Ｂ《ビー》29が落《お》としていった爆弾《ばくだん》でできた穴《あな》なんや」

「ほんと？」

「うそ言《い》うかよ。みんな、爆弾池《ばくだんいけ》って呼《よ》んでる。雨《あめ》がふると、水《みず》がたまって池《いけ》になるからな」

蓮人《れんと》は、昨日平和資料館《きのうへいわしりょうかん》の白石《しらいし》さんが言《い》っていたことを思《おも》い出《だ》した。

（爆弾池《ばくだんいけ》に、エンタイ……エンタイなんだったっけ……）

「こういう穴《あな》、昔《むかし》はもっとたくさんあったらしい」

そこまで言《い》って、玄太《げんた》が突然《とつぜん》うずくまった。

「玄太《げんた》、どうしたんだ？」

「おなか、ごろごろする……。牛乳《ぎゅうにゅう》の飲《の》みすぎかもしれん……」

声《こえ》がかすれている。のぞきこむと、ひたいに汗《あせ》が浮《う》かんでいた。

「牛乳《ぎゅうにゅう》って、いくつ飲《の》んだんだ？」

「四つ……」

「四つ！」

そういえば、給食《きゅうしょく》の時間《じかん》、玄太《げんた》の机《つくえ》に牛乳《ぎゅうにゅう》パックが数個《すうこ》ならんでいた。たまたまふたり欠席《けっせき》で、その二個《こ》をちゃっかりせしめていて、さらに牛乳《ぎゅうにゅう》が苦手《にがて》だという女子《じょし》からももらっていたのだ。

「あきれた。帰《かえ》ったら寝《ね》てないとな」

「でも、じっちゃんがおるし……」

「大丈夫《だいじょうぶ》だよ。じっちゃんはおれが見《み》てるから」

玄太《げんた》の肩《かた》をかかえるようにして、蓮人《れんと》は玄太《げんた》の家《いえ》に急《いそ》いだ。


「ウンチしたら、だいぶよくなった……」

トイレにきっかり十分《ぷん》こもったあと、玄太《げんた》はすっきりした顔《かお》で和室《わしつ》に大《だい》の字《じ》になった。蓮人《れんと》は玄太《げんた》のそばにすわった。閉《と》じられたふすまのむこうに、かすかに人《ひと》の気配《けはい》がする。じっちゃんが鉄砲《てっぽう》の弾《たま》づくりをしているのだろう。

「じっちゃん、静《しず》かだね」

「静《しず》かなときの方《ほう》が多《おお》いんや。でもふいに、過去《かこ》にもどってしまう」

それはどんなにつらいことだろう。楽《たの》しい過去《かこ》ならともかく、戦時中《せんじちゅう》のことを思《おも》い出《だ》すなんて。

そのとき、

パパパパン！

縁側《えんがわ》のむこうで、かわいた音《おと》が聞《き》こえた。

「なに、今《いま》の？」

蓮人《れんと》はびっくりして玄太《げんた》を見《み》た。玄太《げんた》は大《だい》の字《じ》のまま、なんてことのないような顔《かお》をしている。

「どこかの畑《はたけ》にイノシシでも出《で》たんやろ。追《お》っぱらうために、爆竹《ばくちく》を使《つか》っておどかしたんかもしれん」

「イノシシ！　イノシシなんているの？」

「おるおる。たまに夜中《よなか》に山《やま》からおりてきて、畑《はたけ》をあらしていくんや。昼間《ひるま》に出《で》ることなんて、めったにないけどな。突進《とっしん》されたらふっ飛《と》ばされるから、蓮人《れんと》も気《き》をつけろよ」

「気《き》をつけろって言《い》われても……」

「銃声《じゅうせい》じゃ！　かくれろ！」

突然背後《とつぜんはいご》から声《こえ》がした。

ふりむくと、じっちゃんがすぐうしろに立《た》っていた。なにかがやどったようなぎらぎらした目《め》をしている。

「敵《てき》がそこまで来《き》ちょる。これを持《も》っておけ！」

じっちゃんが、蓮人《れんと》の胸《むね》にこぶしをおしつけた。思《おも》わず受《う》けとるように蓮人《れんと》が手《て》を広《ひろ》げると、ティッシュの弾《たま》がぼろぼろとこぼれ落《お》ちた。

「今《いま》のでやられたんか。あとはまかせちょけ！」

じっちゃんが玄太《げんた》にかけより、苦《にが》い顔《かお》をした。それから、すばやい動作《どうさ》で和室《わしつ》の柱《はしら》に身《み》をかくす。

「あぁあ。またはじまったよ。おれたちのこと、きっと戦争《せんそう》に行《い》ったころの仲間《なかま》かなにかやと思《おも》っちょるんや」

玄太《げんた》がため息《いき》をつく。と、その直後《ちょくご》、顔《かお》をこわばらせた。

「あ、やばい！　またごろごろが来《き》た！　じっちゃんをたのむ！」

玄太《げんた》は下腹部《かふくぶ》をおさえたままおきあがり、ダッシュで和室《わしつ》を出《で》ていった。

（たのむって……どうしよう）

和室《わしつ》にじっちゃんとふたりきりだ。「じっちゃんはおれが見《み》てる」なんてかんたんに言《い》ったものの、どうしたらいいかわからない。じっちゃんが家《いえ》を飛《と》び出《だ》したら、止《と》めることはできるだろうか。蓮人《れんと》は、じっちゃんを刺激《しげき》しないように、そっと立《た》ちあがって様子《ようす》をうかがった。

じっちゃんは、血走《ちばし》った目《め》で、縁側《えんがわ》のむこうをぎょろぎょろと見《み》まわしている。

じっちゃんはたしかに蓮人《れんと》の目《め》の前《まえ》にいる。それなのに、手《て》をのばしてもとどかないくらい遠《とお》い場所《ばしょ》にいるように思《おも》える。

庭《にわ》の木《き》の葉《は》がゆれる音《おと》や、小鳥《ことり》のさえずりが聞《き》こえる。外《そと》はどこまでものどかなのに、じっちゃんの目《め》には一体《いったい》なにがうつっているのだろう。蓮人《れんと》はゆっくりとあとずさった。そうしなければ、じっちゃんの世界《せかい》にすいこまれてしまうような気《き》がして。

どのくらい時間《じかん》がたっただろう。じっちゃんが、ふいにその場《ば》に腰《こし》をおろした。表情《ひょうじょう》がいくぶんかやわらいでいる。

（もとのじっちゃんにもどったのかな……）

蓮人《れんと》は声《こえ》にならないため息《いき》をもらした。つられるように、蓮人《れんと》もすわりこむ。

「おまえ、家族《かぞく》はおるんか？」

ふいに、じっちゃんがふり返《かえ》った。蓮人《れんと》を見《み》ている。じっちゃんからまともに話《はな》しかけられたのははじめてだ。

「……両親《りょうしん》と弟《おとうと》がいますけど」

「ほう。ちゅうことは、おまえは兄《にい》ちゃんということじゃな」

「はい」

すると、じっちゃんがほほえんだ。しわくちゃの顔《かお》にさらにしわができる。

「わしには、子《こ》どもがふたりおるんじゃ。息子《むすこ》と娘《むすめ》。娘《むすめ》の方《ほう》はこんなにこんまい（小《ちい》さい）」

じっちゃんが、頭《あたま》の高《たか》さに手《て》を置《お》いた。

「娘《むすめ》はええらしい（かわいらしい）。じゃが、どうも息子《むすこ》にはきびしくしてしまう」

蓮人《れんと》は苦笑《にがわら》いした。蓮人《れんと》の家族《かぞく》と同《おな》じだ。ただし、弟《おとうと》は女《おんな》の子《こ》ではないけれど。

「戦争《せんそう》に行《い》くときも、息子《むすこ》にゆうたんじゃ。おまえは男《おとこ》じゃから、母《かあ》ちゃんと妹《いもうと》を守《まも》ってくれとな。兄《にい》ちゃんじゃから、たのむぞとな。じゃがなぁ……」

じっちゃんが顔《かお》をあげた。

「息子《むすこ》だって、まだ七歳《さい》か、そのくらいじゃった。小《ちい》さな小《ちい》さな肩《かた》と、小《ちい》さな小《ちい》さな手《て》の、ほんの子《こ》どもじゃった」

じっちゃんが、自分《じぶん》の右手《みぎて》のてのひらをじっと見《み》つめた。

「かわいそうなことをしたのぅ。あんなに強《つよ》く肩《かた》をたたかんければよかった。手《て》をにぎらんければよかった。たのむぞ、たのむぞ、と何度《なんど》も言《い》わんければよかった。たよりにしとるからきびしくなるんじゃぞと、ゆうてやればよかったのぅ。ふたりとも大切《たいせつ》なわしの子《こ》なんじゃぞ、となぁ」

突然《とつぜん》、じっちゃんが腕《うで》をのばした。目《め》の前《まえ》に大《おお》きな手《て》がせまってくる。その手《て》はすじばって

いて、しみのような斑点《はんてん》がいくつもついている。

蓮人《れんと》はおどろいて、身《み》をちぢめた。と、その手《て》が蓮人《れんと》の頭《あたま》にぽんとおりた。つつみこむように、頭《あたま》をなでられる。

蓮人《れんと》は上目《うわめ》づかいにじっちゃんを見《み》た。縁側《えんがわ》を見《み》ていたときとは別人《べつじん》のように、やさしい顔《かお》をしている。

かたくなっていた気持《きも》ちが、だんだんほぐれていった。じっちゃんのまなざしと、手《て》のぬくもり。それに、縁側《えんがわ》からさしこむほかほかとした陽気《ようき》。そのすべてにつつみこまれている気《き》分《ぶん》だ。

気《き》がつくと、蓮人《れんと》はひざをかかえ、じっちゃんに身《み》をゆだねるようにからだをかたむけていた。

こんなにやさしい気持《きも》ちになったのは、いつぶりだろう。

「そうじゃ。じり焼《や》きをつくるぞ」

じっちゃんが突然《とつぜん》、すっくと立《た》ちあがった。

蓮人《れんと》の返事《へんじ》も聞《き》かないまま、和室《わしつ》を出《で》ていく。

「あの……」

蓮人《れんと》は、あわててじっちゃんのあとを追《お》った。

じっちゃんは台所《だいどころ》の流《なが》しの前《まえ》に立《た》ち、よれよれのシャツのそでをまくった。流《なが》しの下《した》の棚《たな》や冷蔵庫《れいぞうこ》やら床下収納《ゆかしたしゅうのう》やらを次々《つぎつぎ》に開《あ》けていき、あれこれとり出《だ》しては流《なが》しの台《だい》にならべていく。

その動《うご》きはてきぱきと機敏《きびん》で、けれどさっき庭《にわ》を見《み》ていたときのようなぎらぎらしたふんいきではない。

（ま、いっか。じり焼《や》きをつくってるときは気分《きぶん》がいいって、玄太《げんた》が言《い》ってたし）

蓮人《れんと》は台所《だいどころ》にある脚立《きゃたつ》に腰《こし》かけて、じっちゃんを見守《みまも》ることにした。

実際《じっさい》、じっちゃんはとても楽《たの》しそうだった。

はかりにボウルを置《お》く。粉《こな》をボウルに入《い》れる。卵《たまご》をわる。塩《しお》や砂糖《さとう》をくわえる。ひとつひとつの動作《どうさ》が、なめらかで、とどこおりがなくて、まるでワルツでもおどっているように見《み》える。

まぜ合《あ》わせた生地《きじ》を熱《ねっ》したフライパンに落《お》とすと、じっちゃんの動《うご》きがようやく止《と》まった。

「なにやっちょるんや、ふたりで」

玄太《げんた》が台所《だいどころ》にやってきた。今度《こんど》こそ本当《ほんとう》にすっきりしたようで、からりとした笑顔《えがお》だ。

「あのさ、じっちゃんが……」

蓮人《れんと》が説明《せつめい》しようとすると、

「じり焼《や》きをつくっちょるんじゃ」

と、じっちゃんが玄太《げんた》にわらいかけた。

「つくっちょるって、わ！　この量《りょう》！」

玄太《げんた》が生地《きじ》の入《はい》ったボールに目《め》をやる。たまご色《いろ》のとろんとした生地《きじ》が、たっぷりと入《はい》っている。

「一体何枚焼《いったいなんまいや》くつもりや」

「何枚《なんまい》でもええじゃろ。おいしいじゃろ」

「おいしいって、おれ、食《た》べたことないし」

「え、そうなの？」

蓮人《れんと》は目《め》を丸《まる》くした。玄太《げんた》を見《み》ると、顔《かお》をしかめている。

「もう夕方《ゆうがた》やし、蓮人《れんと》は帰《かえ》らんといかんやろ。蓮人《れんと》を玄関《げんかん》まで送《おく》るから、火《ひ》、気《き》をつけてくれよ、じっちゃん」

「レント……？　レントってだれじゃ」

「じっちゃんのとなりにおるやろ。おれの友達《ともだち》。蓮人《れんと》」

じっちゃんが、目《め》をしばたたかせて蓮人《れんと》を見《み》る。

「ほう。玄太《げんた》の友達《ともだち》か。こんにちは、レントくん」

「あ……こんにちは」

まるではじめて会《あ》ったかのような態度《たいど》に、蓮人《れんと》はめんくらった。じり焼《や》きをつくっているじっちゃんに、蓮人《れんと》の姿《すがた》は見《み》えていなかったのだろうか。

「ごめんな。台所《だいどころ》に立《た》つと、じっちゃんいつもこんな感《かん》じなんや。自分《じぶん》の世界《せかい》に入《はい》るっていうか、夢中《むちゅう》になるっていうか」

「いいんだ」

蓮人《れんと》はじっちゃんにおじぎをすると、ランドセルをせおい玄関《げんかん》へむかった。玄太《げんた》が追《お》いかけてくる。

「じり焼《や》き、ほんとは食《た》べていってほしいんやけど、ちょっと無理《むり》でさ」

玄関《げんかん》を出《で》たところで、玄太《げんた》が小声《こごえ》で言《い》った。そして、ちらりと家《いえ》をふり返《かえ》る。

「くわしくは、また今度話《こんどはな》す」

よくわからなかったけれど、蓮人《れんと》はうなずいた。

（もしかして、においはおいしそうだけど、味《あじ》は最悪《さいあく》なのかな）

そんなことを思《おも》いながら、蓮人《れんと》は玄太《げんた》の家《いえ》をあとにした。

八　豆腐屋《とうふや》とお母《かあ》さん

門扉《もんぴ》を出《で》ると、あたりはすっかり暗《くら》かった……のならよかったけれど、空《そら》はまだ昼《ひる》と夕方《ゆうがた》のさかいのような色合《いろあ》いをしていた。陽《ひ》が暮《く》れるにはもう少《すこ》し時間《じかん》がかかりそうだ。

「もうちょっと、玄太《げんた》の家《いえ》にいればよかったかな……」

蓮人《れんと》はつぶやいた。

家《いえ》に帰《かえ》る足《あし》が重《おも》い。昨日《きのう》の夕方《ゆうがた》、食卓《しょくたく》でどなってしまったせいだ。昨日《きのう》、お父《とう》さんと家《いえ》に帰《かえ》ってからは、そそくさとふとんにもぐった。今朝《けさ》はあおいの熱《ねつ》で、お母《かあ》さんの方《ほう》が蓮人《れんと》どころではないようだった。

（でもさすがに、これから帰《かえ》ったら、お母《かあ》さんと顔《かお》を合《あ》わせることになるよな……）

もう少《すこ》し時間《じかん》をつぶしたくなった。

滑走路《かっそうろ》の道《みち》をとおり、農道《のうどう》に出《で》る。あと五分《ふん》も歩《ある》けば家《いえ》についてしまう。

蓮人《れんと》は、家《いえ》へむかう道《みち》から脇道《わきみち》にそれた。昨日《きのう》の遠足《えんそく》と同様《どうよう》、この道《みち》をとおるのもはじめてだ。

ふり返《かえ》ると、家《いえ》の裏側《うらがわ》、北側《きたがわ》にあたる部分《ぶぶん》が見《み》えた。いつもは目《め》にしないところだ。薪《まき》が山《やま》積《づ》みになっている。おじいちゃんとおばあちゃんがいたころは、薪《まき》を使《つか》ってお風呂《ふろ》をたいていた。リフォームした今《いま》は使《つか》わなくなったので、とりあえず置《お》いたままにしているのだろう。

蓮人《れんと》は家《いえ》から目《め》をそらし、前《まえ》をむいた。

パーポー

うしろから、こわれかけのトランペットのような音《おと》が聞《き》こえた。ふりむくと、小《ちい》さなトラックがゆっくりとやってくる。

「トーフー　トーフー」

パーポー

トラックが蓮人《れんと》の前《まえ》で止《と》まった。

「広瀬《ひろせ》さんとこの子《こ》やろ」

運転席《うんてんせき》から、見知《みし》らぬおじさんがひょいと顔《かお》を出《だ》した。

「豆腐《とうふ》、いつも買《か》ってくれてありがとうな」

おじさんがにかっとわらった。

「さっきもきみのうちに行《い》ってきたんや。豆腐《とうふ》二丁《ちょう》買《か》ってもらったよ」

どうやら、おじさんは豆腐屋《とうふや》さんで、いつも食卓《しょくたく》に出《で》る豆腐《とうふ》はこの豆腐屋《とうふや》さんのもののようだ。

それにしても、どうしておじさんが自分《じぶん》の顔《かお》を知《し》っているのだろう。蓮人《れんと》は首《くび》をかしげた。

蓮人《れんと》の心《こころ》を読《よ》んだかのように、

「以前《いぜん》、写真《しゃしん》を見《み》せてもらったからな」

と、おじさんが言《い》った。

「写真《しゃしん》、ですか？」

「弟《おとうと》くんとふたりで写《うつ》った写真《しゃしん》や」

豆腐屋《とうふや》のおじさんの言葉《ことば》に、蓮人《れんと》は心《こころ》の中《なか》でため息《いき》をついた。こんなところでも弟《おとうと》の話《はなし》か。

「たしか、もう一枚《まい》見《み》せてもらったな」

おじさんが、なにかを思《おも》い出《だ》すように宙《ちゅう》を見《み》る。

「そうや！　合唱《がっしょう》コンクールかなにかの写真《しゃしん》や。みんなの真《ま》ん中《なか》に立《た》つきみの写真《しゃしん》。きみ、指《し》揮者《きしゃ》をしたんやろ」

文化発表会《ぶんかはっぴょうかい》のことだとすぐにわかった。その日《ひ》の夜《よる》に、お母《かあ》さんがひっこしを提案《ていあん》したのだ。

「遠《とお》くから写《うつ》したんやろうね。やけにぼやけた写真《しゃしん》で、しかも指揮者《しきしゃ》やから、きみは背中《せなか》しか写《うつ》っちょらん」

おじさんがくっとわらう。

「お母《かあ》さん、よほどうれしかったんやろうね。そんな写真《しゃしん》を持《も》っちょるんやから。自慢《じまん》しちょったよ、指揮者《しきしゃ》なんてすごいでしょって」

(自慢《じまん》、してたんだ……)

おどろいた。ひっこしの話《はなし》をするお母《かあ》さんは、蓮人《れんと》が指揮《しき》をしたことなど知《し》りもしないようだった。あおいの体調《たいちょう》のことしか頭《あたま》にないように見《み》えた。

「蓮人《れんと》くんは親孝行《おやこうこう》やねぇ。しっかり者《もの》の蓮人《れんと》くんがおるから、ここでの生活《せいかつ》をやっていけるんやって、お母《かあ》さん言《い》っちょったぞ」

ほんならまたな、と、おじさんは言《い》うだけ言《い》って、さっていってしまった。

パーポー　パーポー

音《おと》がしだいに遠《とお》のいていく。

(おれがいるからやっていける……?)

どういうことだろう。

蓮人《れんと》はきびすを返《かえ》すと、家《いえ》へむかった。なぜか、お母《かあ》さんの顔《かお》を見《み》たかった。

家《いえ》の北側部分《きたがわぶぶん》が見《み》えてきた。お母《かあ》さんは夕食《ゆうしょく》のしたくをしているだろうか。今日《きょう》もまた、豆《とう》腐料理《ふりょうり》だろうか。

と、玄関《げんかん》から、お母《かあ》さんが出《で》てくるのが見《み》えた。

お母《かあ》さんは庭《にわ》をつっきり、家《いえ》の裏《うら》にむかい、そのまま山積《やまづ》みになった薪《まき》に腰《こし》かけた。両手《りょうて》でつつみこむようにして、コーヒーカップを持《も》っている。

（なにしてるんだろう）

蓮人《れんと》は立《た》ち止《ど》まって、お母《かあ》さんを見《み》つめた。

お母《かあ》さんの方《ほう》からは、蓮人《れんと》は見《み》えないようだ。見《み》える距離《きょり》だとしても、まさか蓮人《れんと》が通学路《つうがくろ》と反対側《はんたいがわ》の道《みち》に立《た》っているとは思《おも》わないだろう。

お母《かあ》さんは、視線《しせん》を少《すこ》しだけ空《そら》にやったり、首《くび》をゆっくり左右《さゆう》に曲《ま》げたり、カップに口《くち》をつけたりしていた。ぼんやりと表情《ひょうじょう》がなく、どこかつかれているように見《み》える。

家族四人《かぞくにん》で食卓《しょくたく》をかこむにこやかなお母《かあ》さんの顔《かお》でもなければ、あおいの体調《たいちょう》を気《き》づかう心《しん》配《ぱい》そうなお母《かあ》さんの顔《かお》でもなかった。

見《み》たことのない、顔《かお》だった。

お母《かあ》さんは、しばらく薪《まき》にすわったままそうしていた。

そして、ふいに立《た》ちあがるとひとつ背《せ》のびをして、それから何事《なにごと》もなかったかのように家《いえ》にもどっていった。

九　戦争《せんそう》の跡《あと》

「明日《あした》からゴールデンウィークだ。そこで、先生《せんせい》からひとつ、宿題《しゅくだい》を出《だ》す！」

からりと晴《は》れた昼《ひる》さがり、下校直前《げこうちょくぜん》になって先生《せんせい》がそんなことを言《い》い出《だ》した。

「えぇぇ！」

教室中《きょうしつじゅう》がブーイングの嵐《あらし》だ。

「まさかみんな、休《やす》みのあいだ中《じゅう》、あそんですごそうと思《おも》っていたわけじゃないやろ？」

そう言《い》いながら先生《せんせい》が、最前列《さいぜんれつ》に紙《かみ》を配《くば》りはじめた。

前《まえ》にすわる美里《みさと》が、蓮人《れんと》を見《み》ないまま紙《かみ》を手《て》わたしてきた。遠足以来《えんそくいらい》、おこっているのか、しゃべりかけられることはない。かまわれるとイライラするけれど、だまっていられるとそれはそれでそわそわする。

「このあいだの遠足《えんそく》で、平和資料館《へいわしりょうかん》に行《い》ったな。そこで、平和資料館《へいわしりょうかん》で感《かん》じたことを、作文《さくぶん》に書《か》いてもらおうと思《おも》う。ゴールデンウィーク明《あ》けに発表《はっぴょう》してもらうからな。うまく書《か》けたものは、平和資料館《へいわしりょうかん》に展示《てんじ》されるという特典《とくてん》つきだ」

紙《かみ》は、うすいマス目《め》のついた原稿用紙《げんこうようし》だった。

「そんな特典《とくてん》いりませーん」

男子《だんし》のひとりが、おちゃらけた声《こえ》をあげる。いつもなら「ふざけたこと言《い》わないで」などと、ぴしゃりと言《い》いそうな美里《みさと》が、今日《きょう》はだまっている。うつむきがちなのが、蓮人《れんと》はみょうに気《き》になった。

「全学年共通《ぜんがくねんきょうつう》の宿題《しゅくだい》や。低学年《ていがくねん》レベルの作文《さくぶん》を書《か》いたら、ほかの学年《がくねん》の先生方《せんせいがた》にわらわれるぞ。心《こころ》してとりくめよ」

先生《せんせい》のプレッシャーに、教室中《きょうしつじゅう》がまたざわめいた。

蓮人《れんと》はゆううつになった。なんだかんだ言《い》っても、クラスメートはみんな、ある程度《ていど》の知識《ちしき》を持《も》っているはずだ。それにくらべて、転校《てんこう》してまだ一か月《げつ》の蓮人《れんと》は、この土地《とち》の戦争《せんそう》についてよく知《し》らない。

蓮人《れんと》はとなりを見《み》た。玄太《げんた》が難《むずか》しい顔《かお》で原稿用紙《げんこうようし》とむき合《あ》っている。玄太《げんた》の前《まえ》で読《よ》む作文《さくぶん》だ。いいかげんなことは書《か》けない。

(調《しら》べるしかないな)

蓮人《れんと》は心《こころ》の中《なか》でこぶしをにぎった。

平和資料館《へいわしりょうかん》の白石《しらいし》さんの言《い》っていた、戦争《せんそう》の跡《あと》をめぐってみよう。これはいい機会《きかい》だ。

それに……。

(じっちゃん……)

この町《まち》の戦争《せんそう》を知《し》るということは、あのあたたかく大《おお》きな手《て》を持《も》った玄太《げんた》のひいおじいさん……じっちゃんの心《こころ》に近《ちか》づく手《て》がかりにもなる気《き》がした。

「ゴールデンウィーク、なにか予定《よてい》あるんか?」

その日《ひ》の帰《かえ》り、玄太《げんた》にそう聞《き》かれた。

「ううん、とくにないけど」

蓮人《れんと》は口《くち》ごもった。

玄太《げんた》をさそって戦争《せんそう》の跡《あと》をめぐれば、きっと迷《まよ》わずたどりつけるだろう。くわしい説明《せつめい》も聞《き》けるかもしれない。けれど、自分《じぶん》ひとりでめぐるからこそ、意味《いみ》がある気《き》もする。それに、ひとりで見知《みし》らぬ場所《ばしょ》を歩《ある》くのは、冒険《ぼうけん》のようでわくわくする。

もちろん、あおいもぬきで行《い》きたい。あおいがいると足手《あしで》まといだ。

ちらりと、となりを歩《ある》くあおいを見《み》ると、

「あ、図書室《としょしつ》によるのわすれた」

と、つぶやいていた。蓮人《れんと》の計画《けいかく》なんて知《し》るよしもないに決《き》まっているけれど、蓮人《れんと》はほっと息《いき》をはいた。

「玄太《げんた》の予定《よてい》は?」

「おれはじっちゃんと留守番《るすばん》」

「そっか」

あ、と蓮人《れんと》は思《おも》い出《だ》した。

「玄太《げんた》。じり焼《や》きづくり、あれからどうなった? とちゅうで帰《かえ》ったから、気《き》になってたんだ」

「なんの話《はなし》?」

あおいが首《くび》をつっこんでくる。

「このあいだ、じっちゃんがつくってたんだよ。うまくできた?」

すると、玄太《げんた》がしぶい顔《かお》をした。

「さぁな」

そういえば、玄太《げんた》は食《た》べたことがないと言《い》っていた。

「玄太《げんた》ってあまいもの、きらいなタイプ?」

「そうやなくて、じっちゃんがつくったやつは食《た》べたことないんや」

「なんでだよ」

「じっちゃんがぜんぶ食《た》べるから」

「ぜんぶって、あの量《りょう》を？」

「うん。大皿《おおざら》にもってもあふれそうな量《りょう》。しかも一気《いっき》に食《た》べる」

玄太《げんた》が首《くび》をすくめる。

「毎回《まいかい》そうなんや。じり焼《や》きをつくると、一気《いっき》にぜんぶ、ひとりで食《た》べてしまう」

蓮人《れんと》はじっちゃんの姿《すがた》を思《おも》い出《だ》してみた。あの、がいこつみたいにがりがりなからだの一体《いったい》どこに、大皿《おおざら》からあふれそうな量《りょう》のじり焼《や》きをしまう場所《ばしょ》があるのだろう。

「じっちゃん、くいしんぼうなんだね」

あおいがふふっとわらう。

「もともとそんなに食《た》べる方《ほう》やない。認知症《にんちしょう》になる前《まえ》は、じっちゃんがじり焼《や》きをつくったところも食《た》べたところも見《み》たことないし。おれだってじっちゃんのじり焼《や》き、食《た》べてみたいのにさ」

「食《た》べればいいじゃん。横《よこ》からひょいっと手《て》をのばして」

玄太《げんた》なら、それくらいのことはやってのけそうだ。給食《きゅうしょく》の時間《じかん》に牛乳《ぎゅうにゅう》を四つも飲《の》んだくらいなのだから。

「もちろん、ためしたことはある。そうしたら、じいちゃんにおこられたんや。『じっちゃんにぜんぶ食《た》べさせてやれ』って。それ以来《いらい》、見《み》ちょるだけ」

「じいちゃんって、じっちゃんの息子《むすこ》だよね」

蓮人《れんと》は確認《かくにん》した。

「そう。いつか会《あ》ったやろ」

やはり、『じっちゃんの息子《むすこ》』はなにか知《し》っているのかもしれない。蓮人《れんと》は、いつか「ミチヨなんて名《な》は知《し》らん」とにげるように帰《かえ》っていった、『じっちゃんの息子《むすこ》』の姿《すがた》を思《おも》い出《だ》した。

「しかもさ、じっちゃん、食《た》べるころになると無言《むごん》になってな。時々涙《ときどきなみだ》を流《なが》しながら食《た》べる。だったら、はじめからつくらなきゃいいのにさ。ころころ気分《きぶん》がかわるんや。それでもぜんぶたいらげるから、意味《いみ》がわからん。これも認知症《にんちしょう》のせいかな」

料理《りょうり》をしているときはあんなにしあわせそうだったのに、じり焼《や》きを食《た》べるころには泣《な》いているなんて……。蓮人《れんと》には想像《そうぞう》がつかなかった。

「もしかしたら、泣《な》くほどおいしくないのかな」

あおいが言《い》う。

「はは。それで、人《ひと》にあげるのはもうしわけなくて、ぜんぶひとりで食《た》べるんか。それなら、ますますつくらなきゃいいのにな」

玄太《げんた》がわらった。

ゴールデンウィーク初日《しょにち》は、見事《みごと》な五月晴《さつきば》れだった。部屋《へや》の窓《まど》から天気《てんき》を確認《かくにん》すると、蓮人《れんと》は「よし！」と小《ちい》さくガッツポーズをとった。

枕《まくら》もとには、遠足《えんそく》のときにも使《つか》ったリュック。中《なか》に、昨日《きのう》の夜台所《よるだいどころ》からこっそりくすねておいた菓子《かし》パンとロールパン、スナック菓子《がし》とあめ玉《だま》のふくろ、それに、居間《いま》にあった市内《しない》の地《ち》図《ず》を入《い》れてある。

蓮人《れんと》は着《き》がえると、台所《だいどころ》へむかった。もうすぐ九時《じ》だというのに、休日《きゅうじつ》のせいかまだお母《かあ》さんもあおいもおきていないようだ。お父《とう》さんは連休中《れんきゅうちゅう》も仕事《しごと》だと言《い》っていたので、もう家《いえ》を出《で》ているだろう。あれこれ聞《き》かれるのもめんどうなので、ちょうどいい。

水筒《すいとう》に氷《こおり》を入《い》れ、その上《うえ》にたっぷりと麦茶《むぎちゃ》をそそぐ。そそぎながら、頭《あたま》の中《なか》で一日《にち》のシミュレーションをしてみた。

まず平和資料館《へいわしりょうかん》へ行《い》き、あらためて情報収集《じょうほうしゅうしゅう》をするところからはじめる。地図《ちず》で戦争《せんそう》の跡《あと》の場所《ばしょ》を確認《かくにん》し、今日中《きょうじゅう》にまわれそうなところからまわってみる。遠《とお》いところがあれば、明日《あした》にまわしてもいいだろう。

「お兄《にい》ちゃん、どこか行《い》くの？」

ふいに声《こえ》がした。

びくりとしてふり返《かえ》ると、うしろにあおいが立《た》っていた。パジャマのままで、目《め》は半分閉《はんぶんと》じている。あやうく落《お》としかけた水筒《すいとう》を、蓮人《れんと》はあわてて背《せ》にかくした。

「ま、まぁな。夕食《ゆうしょく》までには帰《かえ》ってくるから」

蓮人《れんと》はしどろもどろに答《こた》えた。

「ふぅん」

「お母《かあ》さんに聞《き》かれたら、てきとうに言《い》っといて」

「うん……」

あおいはなにか言《い》いたげな顔《かお》をしている。けれど蓮人《れんと》がだまっていると、そのまま廊下《ろうか》へひき返《かえ》していった。小《ちい》さな肩《かた》と寝《ね》ぐせのついたふんわりとした髪《かみ》。うしろ姿《すがた》が、どこかさみし気《げ》に見《み》える。

（あおい、「ぼくもつれてってよ」なんてせがむつもりだったのかな……）

蓮人《れんと》が夕食中《ゆうしょくちゅう》にどなったこのあいだの一件《いっけん》のせいか、最近《さいきん》あおいは蓮人《れんと》によそよそしい。登《と》下校《げこう》はいっしょだけれど、家《いえ》ではあまり話《はな》しかけてこなくなっていた。蓮人《れんと》の方《ほう》も、わざわざかまったりはしない。形《かたち》だけの兄弟《きょうだい》のような感《かん》じだ。

肩《かた》の荷《に》がおりた気《き》のする反面《はんめん》、うしろめたい気持《きも》ちもある。どなるなんて、少《すこ》し子《こ》どもっぽかったんじゃないか。もっと、お兄《にい》ちゃんらしくふるまうべきだったんじゃないか。なんなら

「いっしょに出《で》かけるか?」とさそうべきだったんじゃないか……。

表《おもて》へ出《で》ると、胸《むね》のすくような濃《こ》い緑《みどり》の風《かぜ》が鼻《はな》をかすめた。蓮人《れんと》は腕《うで》を思《おも》いきりのばし、深呼《しんこ》吸《きゅう》した。すがすがしいはずなのに、胸《むね》の奥《おく》がちくりと痛《いた》い。その痛《いた》みをとりはらうように、蓮《れん》人《と》は足早《あしばや》に歩《ある》きはじめた。


いつもの通学路《つうがくろ》を歩《ある》き、玄太《げんた》の家《いえ》の近《ちか》くまで来《き》た。あの、ふしぎな形《かたち》のドームが、青々《あおあお》とした麦《むぎ》のなびく畑《はたけ》の中《なか》に、ぽっかりと見《み》える。転校初日《てんこうしょにち》の朝《あさ》は疑問《ぎもん》に思《おも》ったけれど、毎日《まいにち》とおっているうちに、気《き》にもとめなくなっていた。

(せっかくだからよってみようか)

蓮人《れんと》は、畑《はたけ》へのぬけ道《みち》に入《はい》った。

麦畑《むぎばたけ》が広《ひろ》がっていると思《おも》っていたそこは、芝生《しばふ》でできた広場《ひろば》になっていた。看板《かんばん》があり、『掩《えん》体壕史跡公園《たいごうしせきこうえん》』と書《か》かれている。奥《おく》にあのドームがどんと立《た》っている。

(掩体壕《えんたいごう》……)

白石《しらいし》さんの言《い》っていた言葉《ことば》を思《おも》い出《だ》した。この町《まち》には、爆弾池《ばくだんいけ》や掩体壕《えんたいごう》といった戦争《せんそう》の跡《あと》がある、と。

「掩体壕《えんたいごう》ってこのドームのことだったんだ……」

白石《しらいし》さんの言《い》っていた戦争《せんそう》の跡《あと》、爆弾池《ばくだんいけ》と掩体壕《えんたいごう》。前《まえ》に玄太《げんた》に教《おし》えてもらい、爆弾池《ばくだんいけ》は見《み》た。そのときもおどろいたけれど、まさかこのドームが掩体壕《えんたいごう》だったなんて。

思《おも》いがけず、戦争《せんそう》の跡《あと》にたどりつけた。蓮人《れんと》は掩体壕《えんたいごう》に近《ちか》づいていった。掩体壕《えんたいごう》は、幅《はば》二十メートル、高《たか》さ五メートルはありそうな、巨大《きょだい》なコンクリートの建物《たてもの》だった。

遠目《とおめ》に見《み》たとおり、中《なか》は空洞《くうどう》になっている。その入《い》り口《ぐち》は、凹凸《おうとつ》の凸《とつ》のようなみょうな形《かたち》だ。その中《なか》に木《き》でできた台《だい》があり、飛行機《ひこうき》のプロペラのようなものが置《お》かれている。そばにはもうひとつ台《だい》があり、カラフルな折《お》り紙《がみ》で折《お》られた千羽鶴《せんばづる》とノートが置《お》かれていた。

（この建物《たてもの》のどこが戦争《せんそう》の跡《あと》なんだろう……）

蓮人《れんと》はノートをめくってみた。

『この掩体壕《えんたいごう》を見《み》に、関東《かんとう》からやってきました。』

『二度《にど》と戦争《せんそう》をくり返《かえ》さない。ここへ来《き》て、あらためてそう思《おも》えました。』

『特攻《とっこう》で亡《な》くなった方々《かたがた》に、哀悼《あいとう》の意《い》をささげます。』

ノートには、数行《すうぎょう》、あるいは一ページにわたり、たくさんのコメントが書《か》かれていた。この掩体壕《えんたいごう》を見《み》に来《き》た人々《ひとびと》がよせ書《が》きをするためのノートのようだ。

（ここってもしかして……）

蓮人《れんと》は、平和資料館《へいわしりょうかん》で見《み》た戦闘機《せんとうき》を思《おも》い出《だ》した。左右《さゆう》に羽《はね》があり、中央《ちゅうおう》にはこんもりとした

コックピット。掩体壕《えんたいごう》の空洞《くうどう》は、そんな戦闘機《せんとうき》を収納《しゅうのう》するのにぴったりな形《かたち》だ。

ここにプロペラが置《お》かれていること、そして千羽鶴《せんばづる》がそなえられていることからもうかがえる。掩体壕《えんたいごう》とはつまり、戦闘機《せんとうき》をしまう倉庫《そうこ》のようなものではないだろうか。

「広瀬《ひろせ》……くん？」

そのとき、蓮人《れんと》のうしろから声《こえ》がした。ふりむくと、なぜか美里《みさと》が立《た》っている。

「なにしてるの？」

美里《みさと》はきょとんとした顔《かお》で、こちらを見《み》ている。

「なにって……」

それはこっちのセリフだ。どうして美里《みさと》がここにいるのだろう。蓮人《れんと》は口《くち》を開《ひら》きかけて、それからつぐんだ。作文《さくぶん》を書《か》くために戦争《せんそう》の跡《あと》をめぐっているなどと言《い》えば、バカまじめだと思《おも》われるかもしれない。

「もしかして、ここの見学《けんがく》に来《き》たの？」

美里《みさと》が上目《うわめ》づかいにたずねた。

「うん、まぁ」

「じゃあわたしといっしょだ」

「へ？」

美里《みさと》が肩《かた》をすくめてはずかしげに言《い》ったので、蓮人《れんと》はすっとんきょうな声《こえ》をあげてしまった。

「なんで今《いま》さら、と思《おも》ってるでしょ」

「う、うん」

蓮人《れんと》はうなずいた。学級委員長《がっきゅういいんちょう》をつとめる美里《みさと》ほどの人間《にんげん》なら、わざわざ見学《けんがく》に来《こ》なくとも、この町《まち》のことなどなんでも知《し》っているものだと思《おも》っていた。それとも、知《し》っている上《うえ》でさらに、勉強《べんきょう》をしに来《き》たのだろうか。

「わたしね、もともとこの町《まち》に住《す》んでたわけじゃないんだ」

「一年前《ねんまえ》、関東《かんとう》の方《ほう》からひっこしてきたの。広瀬《ひろせ》くんといっしょ」

美里《みさと》が言《い》った。

「そうなんだ……」

「だから知《し》らないことが多《おお》くて。作文《さくぶん》の宿題《しゅくだい》が出《で》たとき、正直《しょうじき》あせっちゃった。で、いろいろ調《しら》べようと思《おも》って、来《き》てみたわけ」

昨日《きのう》、先生《せんせい》から原稿用紙《げんこうようし》をわたされたとき、前《まえ》にすわる美里《みさと》がうつむきがちにしていたことを思《おも》い出《だ》した。美里《みさと》も、蓮人《れんと》と同《おな》じようなことを考《かんが》えていたのかもしれない。

「これって、戦闘機《せんとうき》をしまう場所《ばしょ》なのよね。町《まち》の中《なか》にはほかに、十基《き》くらいの掩体壕《えんたいごう》があるらしいよ。こんな風《ふう》に見学《けんがく》できるのはここだけで、あとは個人《こじん》の私有地《しゆうち》に立《た》ってるみたい。ふつうに倉庫《そうこ》がわりに使《つか》われてる掩体壕《えんたいごう》もあるんだって」

「よく知《し》ってるな。親《おや》から聞《き》いたの？」

「まさか。学校《がっこう》の図書室《としょしつ》で事前《じぜん》に調《しら》べたの。郷土資料集《きょうどしりょうしゅう》があったから。それにうちの親《おや》、この町《まち》の人間《にんげん》じゃないもん」

「じゃあなんで、ここにひっこしてきたんだよ」

「お父《とう》さんが会社《かいしゃ》でリストラにあっちゃって、『もう都会《とかい》はいやだ、農業《のうぎょう》をやりたい。野菜《やさい》をつくりたい』なんて言《い》い出《だ》して。縁《えん》もゆかりもない場所《ばしょ》だから、お母《かあ》さんもわたしも大反対《だいはんたい》したんだけど、結局《けっきょく》ひっこすことになっちゃった」

「うわぁ……」

蓮人《れんと》の家庭《かてい》もかなり強引《ごういん》なひっこしだったけれど、美里《みさと》の家庭《かてい》はもっとひどかったようだ。

「それでよく、学校《がっこう》になじめたな。おまけに学級委員長《がっきゅういいんちょう》までつとめてさ」

「苦労《くろう》したよ。田舎《いなか》に転校生《てんこうせい》が来《く》るのってめずらしいじゃない？　だから、なにかと注目《ちゅうもく》されて、はじめはいやな思《おも》いもしたの。でもそれを逆手《さかて》にとって、でしゃばるくらいいろんなことに首《くび》をつっこんでいったら、だんだんみんなの輪《わ》に入《はい》れるようになったんだ」

「へぇ。やるな」

「だから、広瀬《ひろせ》くんがクラスで浮《う》いてるの、ひとごととは思《おも》えなかったの。転校《てんこう》したてのわたしを見《み》てるみたいで」

美里《みさと》の話《はなし》を聞《き》き、蓮人《れんと》はこれまでのことに納得《なっとく》がいった。玄太《げんた》との仲《なか》を気《き》にかけていたのは、過去《かこ》の自分《じぶん》と蓮人《れんと》を重《かさ》ねて、心配《しんぱい》してくれてのことだった。美里《みさと》が標準語《ひょうじゅんご》をしゃべるのだって、きどっているのではなく、もともと関東《かんとう》に住《す》んでいたからだった。

それなのに、これまで蓮人《れんと》は美里《みさと》を誤解《ごかい》して、ことごとく冷《つめ》たい態度《たいど》をとってしまっていた。

蓮人《れんと》はうつむいた。

「ごめんね。広瀬《ひろせ》くんのこと見《み》てられなくて、ついついでしゃばっちゃった。でも、玄太《げんた》くんたちと仲《なか》よくなれて、ほんとによかった」

「こっちこそ、今《いま》までごめん……」

美里《みさと》の気持《きも》ちを知《し》り、蓮人《れんと》はすなおにあやまることができた。それでも、教室《きょうしつ》だったらあやまれなかったかもしれない。どこまでも広《ひろ》がる田畑《たはた》。そのむこうの小高《こだか》い山々《やまやま》。胸《むね》のすくような、すがすがしい景色《けしき》。ここに立《た》っていることが、蓮人《れんと》をすなおにしていた。

「じゃ、おあいこだね」

美里《みさと》がにこりとわらう。照《て》れくさくなって、蓮人《れんと》はあわてて話題《わだい》をかえた。

「それにしても、こんな場所《ばしょ》で空襲《くうしゅう》があったなんて、信《しん》じられないよな」

「そうだね。空襲《くうしゅう》っていうと東京大空襲《とうきょうだいくうしゅう》とかみたいに、都会《とかい》であるイメージだもんね。きっと、ここに航空基地《こうくうきち》があったから、爆撃《ばくげき》を受《う》けたんだと思《おも》う」

「そうなの？」

「町《まち》を燃《も》やそうっていうんじゃなくて、航空基地《こうくうきち》を破壊《はかい》したかったんだと思《おも》う。そのせいで、この町《まち》の人《ひと》たちがまきぞえになったんだよ」

　こっちに来《き》て、と美里《みさと》に手《て》まねきされ、掩体壕《えんたいごう》から少《すこ》しはなれると、大《おお》きな石碑《せきひ》が立《た》っていた。『海軍航空隊《かいぐんこうくうたい》　神風特別攻撃隊《かみかぜとくべつこうげきたい》』とほられている。

　石碑《せきひ》にびっしりと書《か》かれていたのは、人名《じんめい》だった。特攻隊《とっこうたい》として、この地《ち》から飛《と》び立《た》っていった人《ひと》たちの名前《なまえ》のようだ。名前《なまえ》の下《した》には出身地《しゅっしんち》も書《か》かれている。九州《きゅうしゅう》だけでなく、蓮人《れんと》の出身地《しゅっしんち》東京《とうきょう》から来《き》た人《ひと》も、遠《とお》く東北出《とうほくしゅっ》身《しん》の人《ひと》もいた。ざっと見《み》ただけで百人《にん》をゆうにこえていた。

　蓮人《れんと》は空《そら》をあおぎ見《み》た。

　五月《がつ》の、すきとおるような青空《あおぞら》が広《ひろ》がっている。七十年前《ねんまえ》の空《そら》も、同《おな》じような青《あお》だった

だろうか。どのような思《おも》いでもう二度《にど》とふむことのない地《ち》を飛《と》び立《た》っていったのだろうか。

蓮人《れんと》はしばらく空《そら》を見《み》ていた。

ふととなりを見《み》ると、美里《みさと》も同《おな》じように空《そら》を見《み》ていた。目《め》が合《あ》うと、肩《かた》をすくめる。

「ほかの場所《ばしょ》も、見《み》に行《い》ってみる？」

美里《みさと》が言《い》った。

正直《しょうじき》、蓮人《れんと》の気分《きぶん》は重《おも》かった。けれど、目《め》をそらすこともできなかった。

「図書室《としょしつ》で調《しら》べてあるんだろ。それならスムーズにまわれそうだな」

今《いま》の気持《きも》ちをうまく言葉《ことば》にできなくて、そんなあたりさわりのないことを言《い》った。

美里《みさと》はうなずくと、掩体壕《えんたいごう》に背《せ》をむけ歩《ある》き出《だ》した。


「ほら、あそこも掩体壕《えんたいごう》じゃない？」

滑走路《かっそうろ》だった道《みち》にもどると、美里《みさと》が畑《はたけ》の先《さき》を指《ゆび》さした。

麦《むぎ》のそよぐそのむこうに、さっき見《み》た掩体壕《えんたいごう》と同《おな》じ形《かたち》の建物《たてもの》が立《た》っている。そばには民家《みんか》があり、天井《てんじょう》にはやはり草《くさ》がしげっている。

「ほんとだ。全然気《ぜんぜんき》がつかなかった」

「わたしも、今《いま》はじめて気《き》づいたよ。あんなに大《おお》きな建物《たてもの》なのに、注意《ちゅうい》して見《み》てないと案外《あんがい》わからないものだね」

美里《みさと》の言《い》うとおりだ。興味《きょうみ》を持《も》たなければ、掩体壕《えんたいごう》はいつまでもふしぎなドームのままだっただろう。

「てっぺんが草《くさ》におおわれてるから、まわりの緑《みどり》と同化《どうか》してるのね。空《そら》から見《み》つかりにくいように、カムフラージュしてたんだって」

「へぇ」

美里《みさと》のくわしいリサーチに感心《かんしん》する。

それからも何基《なんき》かの掩体壕《えんたいごう》を見《み》つけた。美里《みさと》にうながされるまま、小学校《しょうがっこう》へむかう通学路《つうがくろ》をそれ、脇道《わきみち》に入《はい》った。

しばらく歩《ある》くと、舗装《ほそう》された道路《どうろ》に出《で》た。ガソリンスタンドやファミリーレストランがならんでいる。

「この近《ちか》くに、航空基地《こうくうきち》の遺跡《いせき》があるはずなんだけど」

美里《みさと》に言《い》われ、あたりを見《み》まわす。蓮人《れんと》の家《いえ》の周囲《しゅうい》のような田舎田舎《いなかいなか》した景色《けしき》ではないけれど、とりたててかわったものがある風《ふう》でもない。

「あ、あそこになにか書《か》いてある」

蓮人《れんと》は歩道《ほどう》に看板《かんばん》を見《み》つけた。『海軍航空隊遺跡《かいぐんこうくうたいいせき》』とあり、矢印《やじるし》も書《か》いてある。

矢印《やじるし》のしめす方《ほう》へさらに進《すす》む。民家《みんか》が集合《しゅうごう》している、ごくありふれた住宅地《じゅうたくち》の一角《いっかく》に、少《すこ》しかわった建物《たてもの》が立《た》っているのが見《み》えた。二階建《かいだ》てのレンガづくりで、一軒家《いっけんや》よりはもっと大《おお》きな建物《たてもの》だ。レンガは今《いま》にもはがれ落《お》ちるのではないかというくらいにボロボロで、窓《まど》の部分《ぶぶん》にはガラスがはめこまれておらず、トタン板《いた》でふさがれている。

「あ、これだ。航空隊《こうくうたい》で使《つか》われる兵器《へいき》を整備《せいび》していた工場《こうじょう》らしいよ」

「へぇ。かなり古《ふる》いな」

安全《あんぜん》のためか、周囲《しゅうい》は金網《かなあみ》でおおわれている。レンガにさわりでもすれば、建物《たてもの》ごとくずれてしまいそうだ。

「あの穴《あな》って……」

蓮人《れんと》はレンガの壁《かべ》に無数《むすう》に開《あ》いている穴《あな》を指《ゆび》さした。それは朽《く》ちたためにできたものではなく、もちろんネズミがかじったものであるはずもなく……。

「うん、そう。空《そら》から撃《う》たれた跡《あと》だね、きっと」

美里《みさと》が静《しず》かに言《い》った。

「そうか。このあたり一帯《いったい》が航空基地《こうくうきち》だったんだよな。空襲《くうしゅう》が一番《いちばん》ひどかった場所《ばしょ》なんだよな」

穴《あな》の周囲《しゅうい》のレンガはゆがみ、亀裂《きれつ》が入《はい》り、痛々《いたいた》しさを感《かん》じるほどだ。

「かたいレンガがこんなになっちゃうんだもん。すごい威力《いりょく》だよね。蓮人《れんと》くん、爆弾池《ばくだんいけ》は知《し》っ

てる？」

「うん。玄太《げんた》に教《おし》えてもらった」

「あれだってそうだよね。あんな巨大《きょだい》な穴《あな》が開《あ》くくらいの爆弾《ばくだん》が落《お》ちてきたってことなんだよね」

「うん」

掩体壕《えんたいごう》を見《み》たときと同《おな》じように、うまく言葉《ことば》にできない気持《きも》ちが蓮人《れんと》の心《こころ》に広《ひろ》がった。

美里《みさと》も蓮人《れんと》と同《おな》じ気持《きも》ちのようで、ひと言《こと》も感想《かんそう》らしい感想《かんそう》は言《い》わず、ただ事実《じじつ》だけを口《くち》にしている。こわいとかおそろしいとか悲《かな》しいとか、そんな単純《たんじゅん》な言葉《ことば》では言《い》いあらわせないなにかが、戦争《せんそう》の跡《あと》からにじみ出《で》ている。

「そういえば、小学校《しょうがっこう》も空襲《くうしゅう》の被害《ひがい》にあったって、平和資料館《へいわしりょうかん》のボランティアガイドの人《ひと》が言《い》ってたな」

「小学校《しょうがっこう》にも行《い》ってみる？」

「うん」

もうずいぶん歩《ある》いてつかれているはずなのに、立《た》ち止《ど》まることができなかった。

十　小学校《しょうがっこう》

蓮人《れんと》と美里《みさと》は特別会話《とくべつかいわ》もせず、滑走路《かっそうろ》の道《みち》にもどった。そのままいつもの通学路《つうがくろ》を行《い》く。

小学校《しょうがっこう》についたころには、陽《ひ》が頭《あたま》のてっぺんからだいぶずれていた。

校門《こうもん》をくぐると、ちらほらと児童《じどう》の姿《すがた》を見《み》つけた。

「休《やす》みなのに、どうしているんだろう」

蓮人《れんと》は美里《みさと》にたずねた。

「知《し》らないの？　土日祝日《どにちしゅくじつ》も、グラウンドと図書室《としょしつ》は開放《かいほう》されてるんだよ」

「なんで？」

「このあたり、田《た》んぼとか畑《はたけ》ばかりで、あそぶところがないじゃない？　だから、先生《せんせい》たちのご厚意《こうい》で、小学校《しょうがっこう》の児童《じどう》は休《やす》みの日《ひ》も来《き》てもいいってことになってるみたい。それまで、山《やま》や川《かわ》に行《い》ってあそぶ子《こ》が多《おお》かったみたいで、そういうのはあぶないからって」

「あぶないかな」

「あぶないよ。以前《いぜん》、山《やま》で迷子《まいご》になって翌朝《よくあさ》ようやく見《み》つかった子《こ》もいたらしいし、川《かわ》でおぼれかけて救急車《きゅうきゅうしゃ》で運《はこ》ばれた子《こ》もいたらしいんだから」

「へぇ」

自然《しぜん》の中《なか》であそんだことのない蓮人《れんと》には、想像《そうぞう》もつかない世界《せかい》だ。

担任《たんにん》の原田先生《はらだせんせい》が、校門《こうもん》のそばの花壇《かだん》の前《まえ》をほうきではいていた。ふだんとはちがい、T《ティー》シャツにジャージーというラフなかっこうだ。

「先生《せんせい》こんにちは。今日《きょう》は先生《せんせい》が当番《とうばん》の日《ひ》なんですね」

美里《みさと》があいさつをする。

「お、美里《みさと》に蓮人《れんと》やないか」

先生《せんせい》は、休《やす》みの日《ひ》に出勤《しゅっきん》なんてめんどくさい、というような、あきらかにけだるい表情《ひょうじょう》をしている。

「そういえば、図書室《としょしつ》に蓮人《れんと》の弟《おとうと》がおったぞ」

「あおいですか?」

「あおいくんっていうんか。さっき図書室《としょしつ》をのぞいたら、『図書室《としょしつ》の本《ほん》、ほとんど読《よ》みました。新《あたら》しい本《ほん》、入《い》れてください』なんて言《い》っちょった」

先生《せんせい》が感心《かんしん》したように言《い》った。

（あおい、まだ本《ほん》、読《よ》んでたんだ）

さみしさをまぎらわすために、本《ほん》を読《よ》んでいたのだと思《おも》っていた。元気《げんき》になったのだから、読書《どくしょ》はもうやめたのかと思《おも》っていた。

いつか、東京《とうきょう》の小学校《しょうがっこう》の図書室《としょしつ》で、ひとりで読書《どくしょ》をしていたあおいの姿《すがた》を思《おも》い出《だ》した。あのころも今《いま》も、かわらず本《ほん》がすきでよかったと、蓮人《れんと》はなんだかほっとした。

（それにしても、あおい、ひとりで来《き》たのかな……）

今朝《けさ》、あおいはなにか言《い》いたそうな顔《かお》をしていた。もしかしたら、いっしょに小学校《しょうがっこう》に来《き》て、とたのむつもりだったのかもしれない。

（わるかったな……）

うしろめたい気分《きぶん》になった。徒歩《とほ》四十分《ぷん》もかかる通学路《つうがくろ》を、ひとりでぽつぽつと歩《ある》くあおいの姿《すがた》を想像《そうぞう》すると、胸《むね》が痛《いた》くなった。

「先生《せんせい》、ここにある戦争《せんそう》の跡《あと》を見《み》てもいいですか？」

美里《みさと》がたずねる。

「特別《とくべつ》やぞ。休《やす》みの日《ひ》はグラウンドと図書館《としょかん》以外《いがい》は立《た》ち入《い》り禁止《きんし》なんやからな」

先生《せんせい》が北校舎《きたこうしゃ》の方《ほう》を指《ゆび》さした。

北校舎《きたこうしゃ》へむかうと、校舎《こうしゃ》と小学校《しょうがっこう》の周囲《しゅうい》をかこむ壁《かべ》のあいだに、こぢんまりとした空間《くうかん》があった。蓮人《れんと》はそこへはじめて足《あし》をふみ入《い》れた。教室《きょうしつ》もくつ箱《ばこ》もないので、ふだんは行《い》くことがないのだ。

そこに立《た》っていたのは、蓮人《れんと》の背《せ》の倍《ばい》はありそうな、強大《きょうだい》な四角柱《しかくちゅう》の柱《はしら》だった。

表面《ひょうめん》はレンガでおおわれているものの、三分《ぶん》の一ほどははげ落《お》ちている。そのはげ方《かた》は、たんに古《ふる》びてもろくなったというのではなく、あきらかになにか強《つよ》い衝撃《しょうげき》を受《う》けてえぐれたように見《み》える。そのそばには、むざんに折《お》れた柱《はしら》の残骸《ざんがい》が横《よこ》たわっている。

「航空基地《こうくうきち》の門《もん》に使《つか》われちょった柱《はしら》や。近《ちか》くで工事《こうじ》をしちょった際《さい》に、掘《ほ》り出《だ》されたものらしい。たくさんの人《ひと》が見《み》ることができるようにって、ここに展示《てんじ》されちょるんや」

いつのまにか、先生《せんせい》がとなりに立《た》っていた。

「空襲《くうしゅう》で破壊《はかい》されたんでしょうか」

蓮人《れんと》はたずねた。

「そうやろうな。小学校《しょうがっこう》のまわりのコンクリートの壁《かべ》にも、銃弾《じゅうだん》が残《のこ》っちょる。このあたりはずいぶん、空襲《くうしゅう》の被害《ひがい》が大《おお》きかったらしいからな」

「小学校《しょうがっこう》も、航空基地《こうくうきち》の敷地内《しきちない》にあったんですか？」

「敷地《しきち》ではないが、基地《きち》の周辺《しゅうへん》もまきこまれたんや。終戦《しゅうせん》の年《とし》の四月《がつ》のおわりごろにあった空《くう》襲《しゅう》が、特別《とくべつ》ひどかったらしい。軍《ぐん》の関係者《かんけいしゃ》に民間人《みんかんじん》、三百人以上《にんいじょう》が亡《な》くなったと聞《き》いちょる」

「三百人《にん》……」

蓮人《れんと》は絶句《ぜっく》した。美里《みさと》も細《こま》かい数字《すうじ》は知《し》らなかったのだろう。言葉《ことば》を発《はっ》することもできず、うつむいている。

「ふたりとも、もしかして戦争《せんそう》の跡《あと》をめぐっちょるんか？」

「はい。掩体壕《えんたいごう》とか航空基地《こうくうきち》の跡《あと》を見《み》てきました」

「ふむ。遠足《えんそく》で平和資料館《へいわしりょうかん》へ行《い》ったかいがあったな」

「え？」

「平和資料館《へいわしりょうかん》で知《し》りうることは、ごく一部《いちぶ》や。それに、あたり前《まえ》のことだが、戦争体験者《せんそうたいけんしゃ》も少《すく》なくなっていく。戦争《せんそう》を知《し》らない我々《われわれ》が戦争《せんそう》を知《し》る方法《ほうほう》というのは、かぎられていくんや。ふたりのように、平和資料館《へいわしりょうかん》をきっかけに戦争《せんそう》の跡《あと》をめぐるというのは、とても有意義《ゆういぎ》なことだと、先生《せんせい》は思《おも》う」

そういえば、白石《しらいし》さんもにたようなことを言《い》っていたな、と蓮人《れんと》は思《おも》った。

「戦争《せんそう》の跡《あと》を残《のこ》しておくというのは、案外大変《あんがいたいへん》なことなんや。たとえば爆弾池《ばくだんいけ》。あそこはもともと田《た》んぼやろ。あんな穴《あな》が開《あ》いちょったら、稲《いね》を植《う》えるにも麦《むぎ》を植《う》えるにもじゃまでならんはずや。私有地《しゆうち》にある掩体壕《えんたいごう》だって、とり壊《こわ》せば自由《じゆう》に使《つか》える土地《とち》になる。でも、そうはしておらん」

ふべんでも、残《のこ》している。この町《まち》の戦争《せんそう》をわすれないために。

「語《かた》りつぐ者《もの》がいなくなっても、こうやって戦争《せんそう》の残《のこ》した傷跡《きずあと》と対面《たいめん》することで、なにか感《かん》じることがあるやろ。その気持《きも》ちをわすれんでほしい」

「見《み》れてよかったね」

美里《みさと》がつぶやいた。蓮人《れんと》もうなずいた。

そのとき、蓮人《れんと》のおなかがなった。

「このタイミングでグゥときたか」

先生《せんせい》ががはとわらい、美里《みさと》までもがぷっとふき出《だ》している。蓮人《れんと》は耳《みみ》が熱《あつ》くなった。

「だって、朝《あさ》からなにも食《た》べてないんです」

蓮人《れんと》はもごもごと言《い》いわけをした。

「朝《あさ》から出《で》ちょったんか。もう四時《じ》になるぞ」

先生《せんせい》が目《め》を丸《まる》くする。見《み》あげると、真《ま》っ青《さお》だったはずの空《そら》は、ほんのり朱色《しゅいろ》をおびていた。

「おっと、そうじのとちゅうやった。五時《じ》で学校《がっこう》を閉《し》めるから、ふたりとも早《はや》く帰《かえ》れよ」

先生《せんせい》があわてて花壇《かだん》の方《ほう》へともどっていく。その姿《すがた》が見《み》えなくなると、蓮人《れんと》はリュックをおろした。

「パンとかお菓子《かし》とかあるんだけど、ここで食《た》べない？」

美里《みさと》が首《くび》をかしげる。

「帰《かえ》らないの？」

「いいの？」

「うん。たくさんあるんだ」

蓮人《れんと》は、航空基地《こうくうきち》の門柱《もんちゅう》のそばにすわった。ロールパンと菓子《かし》パンを美里《みさと》にさし出《だ》す。

「ありがとう。ふたりだけのひみつね」

美里《みさと》がくすりとわらって、ロールパンを受《う》けとった。

（ふたりだけのひみつ、か）

気《き》はずかしくなり、蓮人《れんと》はあわてて菓子《かし》パンをかじった。スナック菓子《がし》を食《た》べ、水筒《すいとう》の麦茶《むぎちゃ》をぐいぐい飲《の》み、口《くち》の中《なか》にあめ玉《だま》をほうりこむ。

美里《みさと》に水筒《すいとう》をわたすと、美里《みさと》は少《すこ》しはずかしそうに水筒《すいとう》に口《くち》をつけた。

「お兄《にい》ちゃん？」

声《こえ》がして顔《かお》をあげると、目《め》の前《まえ》にあおいが立《た》っていた。お母《かあ》さんの手《て》づくりのキルトのバッグを持《も》っている。

「あおい、なにしてるんだよ」

そう言《い》ったあと、あおいが図書室《としょしつ》にいると先生《せんせい》が言《い》っていたことを思《おも》い出《だ》した。

「本《ほん》をかりてたの。連休中《れんきゅうちゅう》に読《よ》みたくて」

あおいがキルトバッグの口《くち》を開《ひら》いて見《み》せた。ぶ厚《あつ》い本《ほん》が五冊《さつ》入《はい》っている。

「小学校《しょうがっこう》までひとりで来《き》たのか？」

「うん。お母《かあ》さんが町内会《ちょうないかい》の用事《ようじ》で出《で》かけたから、そのすきに」

「お母《かあ》さんに見《み》つかったら、しかられるぞ」

顔《かお》をしかめてそう言《い》いながら、けれど蓮人《れんと》はあおいを見直《みなお》してもいた。

あおいはあおいなりに、少《すこ》しずつ成長《せいちょう》しているのかもしれない。以前《いぜん》ならお母《かあ》さんにうそをつくなんて、ひとりで小学校《しょうがっこう》まで来《く》るなんて、考《かんが》えられなかったことだ。

「あおいくん、本《ほん》がすきなんだね。えらいね」

美里《みさと》が口《くち》をはさむ。

「お兄《にい》ちゃんの彼女《かのじょ》ですか？」

突然《とつぜん》のあおいの爆弾発言《ばくだんはつげん》に、蓮人《れんと》はあめ玉《だま》をのどにつまらせそうになった。

「彼女《かのじょ》って、そんなわけないだろ！」

「なんだぁ。ふたりで同《おな》じ水筒《すいとう》、飲《の》んでるから」

そう言《い》われて、蓮人《れんと》ははじめて気《き》がついた。これじゃ間接《かんせつ》キスじゃないか。

「ちがうよ。ぐうぜん会《あ》って、いっしょに戦争《せんそう》の跡《あと》をめぐってたの。あおいくんの学年《がくねん》も、作《さく》文の宿題《しゅくだい》が出《で》たでしょ」

「あぁ、そうなんだ」

美里《みさと》は少《すこ》しも動揺《どうよう》することなく、あおいに説明《せつめい》している。

（あせったおれがバカみたいじゃないか）

蓮人《れんと》は心《こころ》の中《なか》で口《くち》をとがらせた。

「いっしょに帰《かえ》ろう。ひとりだとお母《かあ》さんが心配《しんぱい》するだろ」

蓮人《れんと》は立《た》ちあがった。戦争《せんそう》の跡《あと》を調《しら》べるという目的《もくてき》は達成《たっせい》し、おなかもみたされた。お母《かあ》さんにあれこれ言《い》われないうちに、帰《かえ》った方《ほう》がいい。

「じゃあわたしも」

美里《みさと》も立《た》ちあがる。

「家《いえ》、どこ？」

「玄太《げんた》くんの家《いえ》の近《ちか》くから、山《やま》の方《ほう》に入《はい》ったところ」

「じゃ、そこまでいっしょに行《い》こう」

三人《にん》で校門《こうもん》を出《で》る。

「作文《さくぶん》書《か》けそう？」

美里《みさと》から聞《き》かれ、蓮人《れんと》はうなずいた。けれど美里《みさと》はどこかすっきりしない表情《ひょうじょう》だ。

「いろいろ見《み》てまわれたし、知識《ちしき》は得《え》たって感《かん》じがするのよね。でも、それだけじゃどこかうすっぺらいっていうか……」

「うすっぺらい？」

「うん。うまく言《い》えないんだけど……」

「そりゃ、実際《じっさい》に空襲《くうしゅう》を体験《たいけん》した人《ひと》から話《はなし》を聞《き》けたら、もっとリアルにわかるとは思《おも》うけどさ。そこまでするのは難《むずか》しいだろ」

「そうだよね」

「おれはよかったよ。先生《せんせい》が言《い》ってたみたいに、戦争《せんそう》の跡《あと》を見《み》て感《かん》じるものがあった。今《いま》まで、あのコンクリートの建物《たてもの》が掩体壕《えんたいごう》だってことすら、知《し》らなかったんだから」

「お兄《にい》ちゃん、知《し》らなかったの？」

あおいに言《い》われて、蓮人《れんと》は目《め》を丸《まる》くした。

「あおいは知《し》ってたのか？」

「もちろん。平和《へいわ》資料館《しりょうかん》に資料《しりょう》があったでしょ。図書室《としょしつ》に戦争関係《せんそうかんけい》の本《ほん》もたくさんあるし。ぼく、とっくの昔《むかし》から知《し》ってたよ」

あおいのしたり顔《がお》に、蓮人《れんと》はまた心《こころ》の中《なか》で口《くち》をとがらせた。

十一　じっちゃんをさがして

滑走路《かっそうろ》の道《みち》を歩《ある》いていると、むこうから見《み》おぼえのある姿《すがた》が近《ちか》づいてきた。

玄太《げんた》だ。玄太《げんた》が、遠目《とおめ》からでもわかるほどの大粒《おおつぶ》の汗《あせ》をひたいに浮《う》かべ、走《はし》ってくる。

「玄太《げんた》くん、あんなにあわててどうしたんだろう」

あおいが首《くび》をかしげる。

玄太《げんた》は三人《にん》の姿《すがた》を見《み》つけると、手《て》をぶんぶんふりながらさらにダッシュでやってきた。

「いいところにおった……。じっちゃん……見《み》なかったか？」

玄太《げんた》は、とぎれとぎれになんとかそこまで言《い》うと、首《くび》にかけてあったタオルでひたいの汗《あせ》をぬぐった。

「じっちゃん？　見《み》てないけど、じっちゃんがどうかしたのか？」

「いつもみたいに、家《いえ》でふたりで留守番《るすばん》しちょったんや。でも、おれがちょっとトイレに行《い》ったすきに、いなくなって……。さがしはじめてもう二時間《じかん》になる」

「二時間《じかん》……」

蓮人《れんと》は小学校《しょうがっこう》から今《いま》までの道《みち》のりを思《おも》い返《かえ》した。

じっちゃんは……いなかったと思《おも》う。けれど、三人《にん》で話《はな》しながら歩《ある》いていたので、気《き》づかなかっただけかもしれない。

このあいだも、こんなことがあった。じっちゃんが夕暮《ゆうぐ》れの中《なか》、あぜ道《みち》を歩《ある》いていた。

「じっちゃんってだれ？」

美里《みさと》がたずねる。

玄太《げんた》は美里《みさと》の方《ほう》を見《み》ないまま、

「関係《かんけい》ない」

と、ぶっきらぼうに言《い》った。

「関係《かんけい》ないってことはないでしょ。だれか行方不明《ゆくえふめい》なんでしょ」

「関係《かんけい》ないいんやって」

玄太《げんた》はかたくなだ。じっちゃんのことを、蓮人《れんと》とあおいのほかに、もらすつもりはないようだ。

けれど、そんな場合《ばあい》ではない。陽《ひ》は暮《く》れかけている。このあいだはたまたま見《み》つかったからよかったけれど、このまま夜《よる》になればさがすのはさらに困難《こんなん》になる。

「玄太《げんた》、協力《きょうりょく》してもらおうよ」

「そうだよ、玄太《げんた》くん」

蓮人《れんと》とあおいがつめよるが、玄太《げんた》はしぶい顔《かお》をしたままだ。

「親《おや》もじいちゃんもばあちゃんも、総出《そうで》でさがしちょる。大丈夫《だいじょうぶ》や」

「でも、協力者《きょうりょくしゃ》はひとりでも多《おお》い方《ほう》がいいだろ。それに、美里《みさと》は信頼《しんらい》できるよ」

かたくなな玄太《げんた》に、蓮人《れんと》は言《い》った。

同《おな》じ転校生《てんこうせい》という境遇《きょうぐう》の蓮人《れんと》を気《き》づかってくれていた。美里《みさと》はおせっかいな女子《じょし》だと思《おも》っていたのは、大《おお》まちがいだった。

玄太《げんた》は難《むずか》しい顔《かお》でしばらくだまっていたけれど、決心《けっしん》したように美里《みさと》にむきなおった。

「おれのじっちゃん……ひいおじいちゃん、認知症《にんちしょう》なんや。たまにふらっと家《いえ》を出《で》ていってしまう。昼《ひる》すぎにまたいなくなって、このあたりはさがしたけど、見《み》あたらんのや」

「そうなの……。どこか、行《い》く場所《ばしょ》に心《こころ》あたりはない？」

「このあいだは、うちの近《ちか》くの麦畑《むぎばたけ》のあぜ道《みち》にいたよな」

蓮人《れんと》は、蓮人《れんと》の家《いえ》の方角《ほうがく》を指《ゆび》さした。

「ひいおじいさん、どこかに行《い》こうとしてたの？」

「さぁ……」

玄太《げんた》の顔《かお》から表情《ひょうじょう》がぬけ落《お》ちている。もう体力《たいりょく》も気力《きりょく》も残《のこ》っていないようだ。

蓮人《れんと》ははっと思《おも》い出《だ》した。

「そういえば、ミヤマなんとかって言《い》ってた」

「ミヤマなんとか?」

美里《みさと》が首《くび》をかしげる。

「うん。ミチヨにミヤマなんとかを見《み》せたいみたいだった」

「ミチヨ?」

「あ、そっか……」

美里《みさと》はもちろん、ミチヨのことも知《し》らないのだ。

「えっと、話《はな》せば長《なが》くなるけど、じっちゃんは認知症《にんちしょう》になってミチヨって人《ひと》のことをよく話《はな》すようになったんだ。あおいとミチヨを見《み》まちがうこともあった。そのミチヨがだれかはわからないんだけど」

美里《みさと》が腕《うで》をくみ、みけんにしわをよせる。いっぺんにあれこれ話《はなし》を聞《き》き、頭《あたま》がついていかないようだ。

と、あおいが蓮人《れんと》の腕《うで》をひっぱった。

「ミヤマなんとかって、もしかしたらミヤマキリシマのこと?」

「ミヤマキリシマ……。そうだ、そう言《い》ってた！」

蓮人《れんと》はパンと手《て》をたたいた。

「でも、そうだとしたら、変《へん》だよ」

あおいが首《くび》をひねった。

「変《へん》ってなにが？　っていうか、ミヤマキリシマってなんなんだよ」

「ツツジの仲間《なかま》だよ」

「ツツジ？　花《はな》なのか？」

「うん。九州《きゅうしゅう》のいくつかの山《やま》にさくツツジの仲間《なかま》で、千メートル級《きゅう》のかなり高《たか》い山《やま》にしかさかないんだ。六月《がつ》になると、山《やま》がピンク色《いろ》のじゅうたんをしいたみたいに、きれいにそまるんだって」

蓮人《れんと》はあおいの顔《かお》をのぞきこんだ。

「あおい、なんでそんなにくわしいんだ？」

「図書室《としょしつ》で本《ほん》、読《よ》んだもん。『九州《きゅうしゅう》の自然《しぜん》』って図鑑《ずかん》にのってた」

蓮人《れんと》ははぁと息《いき》をはいた。本《ほん》がすきどころか、たいした知識《ちしき》ではないか。

けれど、あおいのおかげでヒントが見《み》つかった。

ミヤマキリシマ。

じっちゃんはあの日《ひ》、ミヤマキリシマをさがしていたのだ。もしかしたら、今《いま》も……。

「でも、このあたりの山《やま》、千メートルもないぞ」

玄太《げんた》がようやく口《くち》を開《ひら》く。

「でしょ。だから変《へん》って言《い》ったんだよ。それに、まだ五月《がつ》のはじめだし……」

あおいもつけくわえる。

蓮人《れんと》は目《め》をつむった。

あの日《ひ》、じっちゃんはたしかに山《やま》にむかって歩《ある》いているように見《み》えた。ミヤマキリシマと口《くち》にしていた。けれど、玄太《げんた》やあおいの言《い》うように、山《やま》の高《たか》さもちがえば、さく時期《じき》もちがう。

「玄太《げんた》くんのひいおじいさん、山《やま》に入《はい》ったことがあるの？」

美里《みさと》がたずねる。

「そりゃ、もちろんある。じっちゃんが元気《げんき》だったころは、夏《なつ》になるといっしょにカブトムシをつかまえに行《い》ったし、山《やま》のふもとの川《かわ》で魚《さかな》つりをしたこともある。けど、この時期《じき》の山《やま》はよく知《し》らん」

「行《い》ったことはあるってことね」

「うん」

「じゃあ、山《やま》に入《はい》った可能性《かのうせい》はゼロじゃないよね。蓮人《れんと》くんが言《い》うように、ミヤマキリシマっていう花《はな》をさがしに行《い》ったのかもしれないし、たんにふらりと足《あし》をふみ入《い》れてしまったのかもしれない。どっちにしろ、このあたりを二時間《じかん》さがして見《み》あたらないってことは、人目《ひとめ》につかない場所《ばしょ》に迷《まよ》いこんでるってことよ」

美里《みさと》の冷静《れいせい》な分析《ぶんせき》に、蓮人《れんと》はうなずいた。ミヤマキリシマうんぬんはわからないけれど、じっちゃんがかなり遠《とお》くまで行《い》ってしまっていることはたしかだ。

「早《はや》く見《み》つけないと、陽《ひ》が暮《く》れちゃうよ」

あおいが言《い》う。

「親《おや》に伝《つた》えた方《ほう》がいいよな」

玄太《げんた》があたりを見《み》まわす。けれど、みんなちりぢりにさがしているのか、人影《ひとかげ》はない。

「ケータイとか持《も》ってないでしょ。親《おや》をさがしてる時間《じかん》がもったいないよ。わたしたちで山《やま》に行《い》くしかないわ」

「さっき、子《こ》どもだけで山《やま》や川《かわ》に行《い》ったらあぶないって、言《い》ってたじゃないか」

「だって、今《いま》はそんなこと言《い》ってる場合《ばあい》じゃないでしょ」

「おいおい、ふたりともやめろって」

玄太《げんた》が、美里《みさと》と蓮人《れんと》の小《こ》ぜり合《あ》いを止《と》めに入《はい》る。

「ぼくたちだけで山《やま》に行《い》こう。今《いま》すぐ」

そのとき、あおいが言《い》った。やけにはっきりとした口調《くちょう》で。

蓮人《れんと》はおどろいた。あのあおいが、あまったれで、弱虫《よわむし》で、どこまでも内向的《ないこうてき》だと思《おも》っていたあおいが、危険《きけん》に足《あし》をふみ入《い》れようとしている。

（あおい……）

蓮人《れんと》は、西陽《にしび》をあびてかがやく、あおいの強《つよ》いまなざしを見《み》た。いつのまに、こんなに強《つよ》くなったんだろう。

「玄太《げんた》、行《い》こう！　おれたちでじっちゃんを見《み》つけるんだ！」

蓮人《れんと》は、玄太《げんた》の背中《せなか》をたたいた。

玄太《げんた》がはっとしたように目《め》を見開《みひら》く。

そしてゆっくりとうなずいた。

四人《にん》は夕陽《ゆうひ》にむかって走《はし》り出《だ》した。

十二　ミヤマキリシマ

肩幅《かたはば》ほどしかない細《ほそ》いあぜ道《みち》を進《すす》む。山《やま》を知《し》っている玄太《げんた》が先頭《せんとう》で、美里《みさと》、あおい、蓮人《れんと》の順《じゅん》だ。

夕陽《ゆうひ》のかがやきがまぶしくて、目《め》がくらみそうだ。けれど蓮人《れんと》は山《やま》から目《め》をそらさず、あごをぐっとあげてあぜ道《みち》をつっきった。

あぜ道《みち》をすぎると、木《き》一本一本《いっぽんいっぽん》がはっきりとわかるくらい山《やま》が近《ちか》くなった。山《やま》のふもとには小《ちい》さな石橋《いしばし》がかかっていて、その下《した》に川《かわ》が流《なが》れている。浅《あさ》く幅広《はばびろ》な川《かわ》で、川瀬《かわせ》にはごろごろと大《おお》きな岩《いわ》がころがっている。

「あそこ、なにか光《ひか》ってるよ！」

あおいが石橋《いしばし》を指《ゆび》さした。

「じっちゃんのベーゴマだ！」

玄太《げんた》が大声《おおごえ》をあげた。

石橋《いしばし》のたもとに落《お》ちていたのは、じっちゃんがミチヨのものだと言《い》った、あのガラスのベーゴマだった。西陽《にしび》をあびてきらきら光《ひかり》をはなっている。まるで、この先《さき》にいるじっちゃんをたすけ出《だ》して、と、蓮人《れんと》たちにうったえかけているかのように。

「ひいおじいさんのものがあるってことは、やっぱりここに来《き》たのね。山《やま》に入《はい》る道《みち》はどこ？」

美里《みさと》があたりを見《み》まわす。

「川《かわ》のむこうの雑木林《ぞうきばやし》。あそこを入《はい》っていくんや。去年《きょねん》の夏《なつ》もじっちゃんと登《のぼ》ったからまちがいない」

玄太《げんた》が石橋《いしばし》から身《み》を乗《の》り出《だ》す。

そのとき、玄太《げんた》が首《くび》にさげていたタオルが、するりと川《かわ》へ落《お》っこちた。

「いっけねえ」

蓮人《れんと》も石橋《いしばし》から下《した》をのぞいた。タオルが、岩《いわ》にひっかかるようにしてゆらゆらゆれている。

山道《やまみち》の入《い》り口《ぐち》は、川《かわ》をわたった先《さき》にあった。そこだけがブラックホールのように暗《くら》い。蓮《れん》

人《と》の目《め》の奥《おく》に、そこをふらりと歩《ある》いていくじっちゃんの姿《すがた》が浮《う》かんだ。

じっちゃんはあの先《さき》にいる。きっと、ではなく、かならず、だと思《おも》えた。

「行《い》こう」

蓮人《れんと》の言葉《ことば》に美里《みさと》とあおいがうなずく。

また玄太《げんた》を先頭《せんとう》にして、四人《にん》は石橋《いしばし》の脇《わき》から河原《かわら》へとおりた。

川《かわ》にころがる岩《いわ》を飛《と》びこえ、山道《やまみち》の入《い》り口《ぐち》までたどりつく。

足《あし》をふみ入《い》れたとたん、ひんやりとした空気《くうき》がからだをつつんだ。雨《あめ》なんて何日《なんにち》もふっていないのに、空気《くうき》がしっとりとしている。鼻《はな》の奥《おく》にからみつくような濃《こ》い緑《みどり》のにおいがする。

山道《やまみち》は急《きゅう》な傾斜《けいしゃ》で、しかもへびのようにうねっているので、先《さき》がまったく見《み》えない。おまけに、地面《じめん》は葉《は》や土《つち》でうめつくされ、もりあがった木《き》の根《ね》っこもあり、歩《ある》きにくいことこの上《うえ》ない。

「この道《みち》、どこまで続《つづ》いてるんだ？」

蓮人《れんと》は、先頭《せんとう》を行《い》く玄太《げんた》に大声《おおごえ》でたずねた。

「さあ。いつもカブトムシをつかまえるだけやから、このあたりまでしか来《き》たことがない」

「じゃあ、この先《さき》は未知《みち》の場所《ばしょ》ってことか」

蓮人《れんと》は急《きゅう》に心細《こころぼそ》くなってきた。玄太《げんた》がたよりだったのに、玄太《げんた》ですらはじめての場所《ばしょ》にふみこむのだ。

左右《さゆう》から細《ほそ》い枝《えだ》をのばす木々《きぎ》は、おおいかぶさってくるミイラのようだ。鳥《とり》なのか虫《むし》なのかわからない、まるで原始時代《げんしじだい》に迷《まよ》いこんだかのような、ぶきみな鳴《な》き声《ごえ》がどこからともなく聞《き》こえる。

「こわいね……」

前《まえ》を歩《ある》くあおいがつぶやいた。

「うん。イノシシにあうかもしれないし……」

そう言《い》ってから、蓮人《れんと》はしまったと思《おも》った。案《あん》の定《じょう》、あおいがぎょっとした顔《かお》でふりむく。

「死《し》んだふりって、あれ、クマにしか効果《こうか》ないんだっけ？」

美里《みさと》がひきつった顔《かお》で玄太《げんた》にたずねている。

「大丈夫《だいじょうぶ》や。歌《うた》でも歌《うた》えば、びっくりしてそうそうおそってこんやろ」

玄太《げんた》が、突然大声《とつぜんおおごえ》で校歌《こうか》を歌《うた》い出《だ》した。蓮人《れんと》がきそうように声《こえ》を出《だ》すと、美里《みさと》もつられるように歌《うた》い出《だ》す。あおいもやけくそのように声《こえ》をはりあげた。

一体《いったい》どのくらい登《のぼ》っただろう。左右《さゆう》の雑木林《ぞうきばやし》は、一段《いちだん》と緑《みどり》の密度《みつど》を濃《こ》くしている。

蓮人《れんと》はもう、足《あし》を前《まえ》に出《だ》すのがせいいっぱいになっていた。玄太《げんた》も校歌《こうか》を三回《かい》リピートしたところで息《いき》ぎれし、すっかりだまりこんでいる。

（じっちゃん、どこにいるんだよ……）

蓮人《れんと》は泣《な》きたい気持《きも》ちになってきた。

あおいはどうなのだろうと、前《まえ》をのぞき見《み》ると、口《くち》を一文字《いちもんじ》にむすび、ぐっと顔《かお》をあげていた。きつい、つかれた、が口《くち》ぐせだったあおいが、ひと言《こと》も弱音《よわね》をはかずに歩《ある》いている。

（いつのまにこんなに成長《せいちょう》したんだ……）

負《ま》けてはいられない。蓮人《れんと》はひたいににじんだ汗《あせ》をぬぐい、気持《きも》ちをふるい立《た》たせるように、腕《うで》を大《おお》きくふった。

と、突然《とつぜん》目《め》の前《まえ》が明《あか》るくなった。雑木林《ぞうきばやし》のトンネルをぬけ、視界《しかい》が一気《いっき》に広《ひろ》くなる。

「じっちゃん！」

玄太《げんた》が大声《おおごえ》をあげた。

すぐ先《さき》にじっちゃんがうずくまっていたのだ。

そのそばに、たくさんの花《はな》がついた木《き》がある。一メートルほどの高《たか》さの枝葉《えだは》はこんもりと丸《まる》い形《かたち》だ。そこにたわわにさく朱色《しゅいろ》の花《はな》は、ツツジにまちがいなかった。よく見《み》ると、そんな枝《えだ》葉《は》の集合《しゅうごう》があたりにいくつもある。

「はぁぁ。ミヤマキリシマじゃ……」

じっちゃんがつぶやいている。

「じっちゃん、やっぱりミヤマキリシマをさがしに来《き》たんや！」

玄太《げんた》が蓮人《れんと》を見《み》てそう言《い》い、それからじっちゃんにかけよっていく。

（これがミヤマキリシマなのか？）

ピンク色《いろ》ではないし、かなり歩《ある》いたとはいえ、千メートルなんて高《たか》さを登《のぼ》ったはずがない。

玄太《げんた》がじっちゃんのからだをおこし、手足《てあし》をさすったり曲《ま》げたりして、それから蓮人《れんと》にオッケーサインをよこした。どうやら、けがをしているところはないようだ。

（なんだかわけがわからないけど、とりあえずよかった……）

蓮人《れんと》はほっと息《いき》をはいた。

「じっちゃん、帰《かえ》るぞ」

「ミチヨに見《み》せてやりたいんじゃ……」

じっちゃんはだだをこねる子《こ》どものようだ。朱色《しゅいろ》のツツジをだきしめるように、腕《うで》を大《おお》きく開《ひら》いたまま動《うご》こうとしない。「帰《かえ》るぞ」「いやじゃ」「帰《かえ》るぞ」「いやじゃ」。玄太《げんた》とじっちゃんは言葉《ことば》のつなひきでもしているかのように、どちらも一歩《いっぽ》もゆずろうとしない。

「よかった。元気《げんき》そうで」

美里《みさと》も安心《あんしん》したようで、その場《ば》にすわりこんだ。

「うん……」

どのくらい時間《じかん》がかかったのかはわからないけれど、蓮人《れんと》でもきつかった山道《やまみち》を、九十八歳《さい》のじっちゃんが歩《ある》いてきた。それはきっと、『ミヤマキリシマをミチヨに見《み》せたい』という強《つよ》い思《おも》いが、じっちゃんの心《こころ》にあったからだ。じっちゃんはミチヨの存在《そんざい》につき動《うご》かされている。

（ミチヨ。ここに来《き》て、じっちゃんといっしょに花《はな》を見《み》てあげてよ……）

どこまでも必死《ひっし》なじっちゃんを見《み》ていると、蓮人《れんと》はせつない気持《きも》ちになった。じっちゃんの笑顔《えがお》を見《み》たい。じり焼《や》きをつくっているときのような、しあわせそうな顔《かお》をしてほしい。

じっちゃんと玄太《げんた》はまだ言《い》い合《あ》っている。当分山《とうぶんやま》をおりられそうもない。

蓮人《れんと》はふっとあおいに目《め》をやった。

はぁはぁはぁはぁ……。

あおいが肩《かた》で息《いき》をしている。くちびるの色《いろ》が真《ま》っ青《さお》だ。

いやな予感《よかん》がした。

「あおい！」

蓮人《れんと》はあわててあおいの顔《かお》に耳《みみ》を近《ちか》づけた。

ヒューヒューヒュー……

窓《まど》からもれるすきま風《かぜ》のような音《おと》がする。

（やばい！　発作《ほっさ》だ！）

「あおい、吸入器《きゅうにゅうき》は！」

「持《も》って……ない」

「なんでだよ！」

「だって……最近調子《さいきんちょうし》よかったから……」

そうだ。もうぜんそくはなおったのではないかというほど、このごろあおいは元気《げんき》だった。

「あおいくん、病気《びょうき》なの？」

美里《みさと》がかけより、あおいの肩《かた》をだき、背中《せなか》をさすった。

「ねえ、広瀬《ひろせ》くん！　どうしたらいいの!?」

「ぜんそくなんだ……。どうしたらって……わからないよ」

山《やま》の中《なか》。大人《おとな》はいない。いや、いるにはいるけれど、じっちゃんがたよりになるとは思《おも》えない。

このまま発作《ほっさ》がおさまらなかったら、あおいはどうなってしまうのか。

蓮人《れんと》の背中《せなか》に悪寒《おかん》が走《はし》った。からだがふるえる。手足《てあし》がじんじんとしびれる。目《め》の前《まえ》であおいが苦《くる》しんでいる。なのに、蓮人《れんと》は動《うご》くことすらできない。

（だれか、だれか、だれか、どうかあおいをたすけて……！　転校《てんこう》したことなんて、今《いま》までいろんなことがまんしてきたことなんて、もうどうだっていい。どうだっていいから、たったひとりの大切《たいせつ》な弟《おとうと》を、だれか、だれか、たすけて……！)

ぎゅっと目《め》をつむると、涙《なみだ》がほおをつたった。

「蓮人《れんと》！　なにしちょるんや！」

玄太《げんた》のどなり声《ごえ》で、蓮人《れんと》はわれに返《かえ》った。

「あおいをおぶって先《さき》に帰《かえ》れ！　あとはなんとかなるから！」

蓮人《れんと》はうなずいた。あおいの前《まえ》にしゃがむ。

「あおい、背中《せなか》に乗《の》って！」

「ミチヨ、ここにおったんか」

そのとき、じっちゃんの声《こえ》がした。

うつろだったじっちゃんの目《め》が、しっかりとあおいをとらえている。

じっちゃんは、もつれるような足《あし》どりで、あおいのそばに来《き》た。

「ミチヨ、父《とう》ちゃんがおるから、もう大丈夫《だいじょうぶ》やぞ。さ、父《とう》ちゃんの背中《せなか》に乗《の》れ」

目《め》を細《ほそ》め、いたわるようないつくしむような顔《かお》であおいに手《て》をさしのべる。

(父《とう》ちゃん……？)

蓮人《れんと》がそう思《おも》った瞬間《しゅんかん》、目《め》の前《まえ》に青年《せいねん》があらわれた。

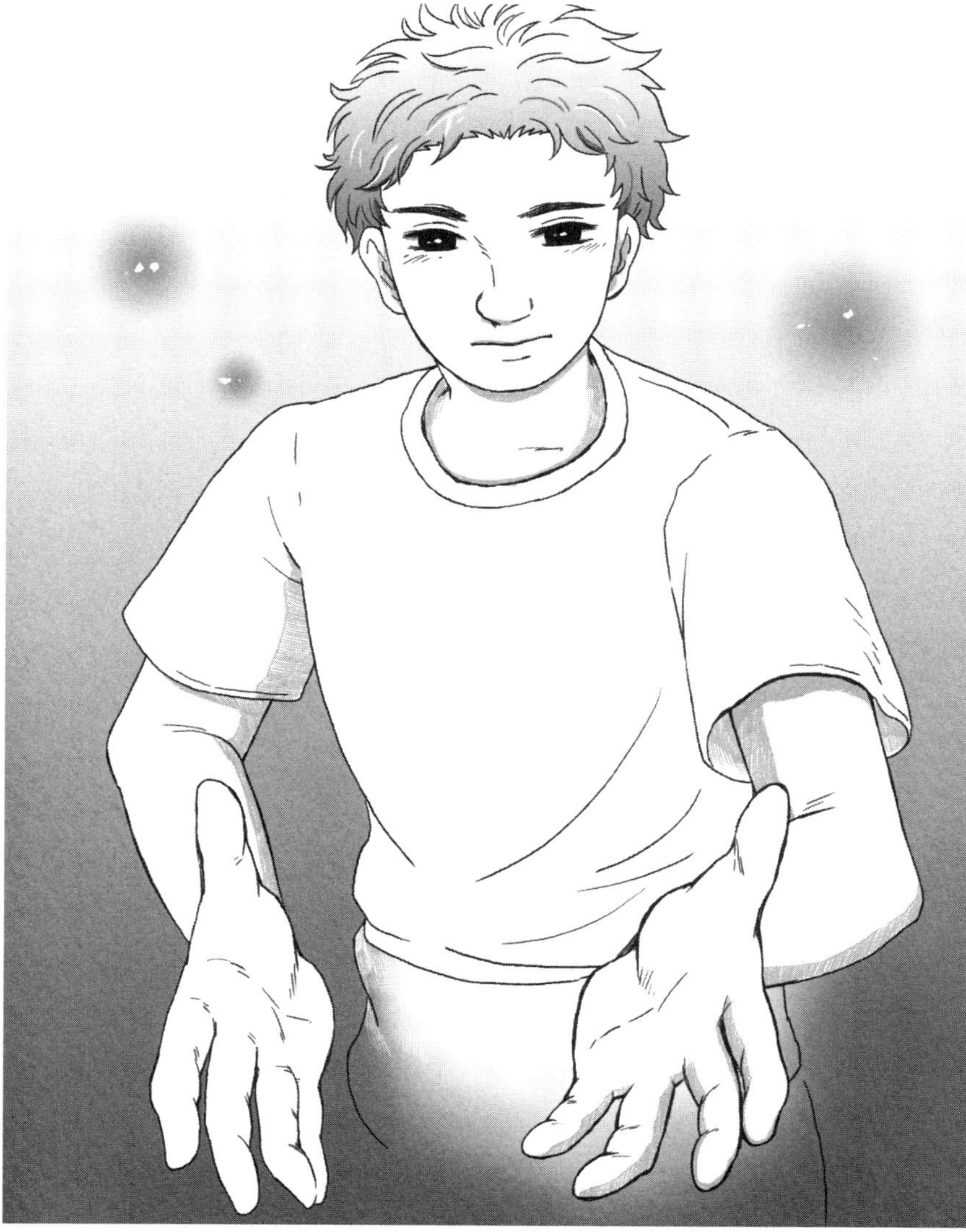

蓮人《れんと》は目《め》をこらした。

（だれだ……？）

いや、あらわれたのではなかった。じっちゃんが青年《せいねん》に見《み》えたのだ。二十代《だい》くらいの、精悍《せいかん》でりりしい顔《かお》をした青年《せいねん》のように。

「じっちゃんの言《い》うとおりにしよう！」

玄太《げんた》の声《こえ》が聞《き》こえたときには、じっちゃんはもとのじっちゃんの顔《かお》にもどっていた。

玄太《げんた》が意《い》を決《けっ》したように、じっちゃんの背《せ》にあおいを乗《の》せる。じっちゃんはしっかりとあおいをせおうと、ゆっくり立《た》ちあがった。あおいはぐったりとされるがままになっている。

「蓮人《れんと》、両脇《りょうわき》からじっちゃんをささえるぞ。美里《みさと》、先《さき》に歩《ある》いて、あぶない場所《ばしょ》はないか誘導《ゆうどう》してくれ」

蓮人《れんと》は玄太《げんた》の言《い》うとおり、じっちゃんの右手《みぎて》にまわり、からだをささえた。美里《みさと》が「ここ、岩《いわ》があるから気《き》をつけて」「葉《は》っぱですべりやすくなってる」と、注意《ちゅうい》をうながしながら先導《せんどう》する。

けれど、そんな介助《かいじょ》や注意《ちゅうい》は必要《ひつよう》ないほどに、じっちゃんの足《あし》どりはしっかりとしていた。

九十八歳《さい》とは思《おも》えないほど、力強《ちからづよ》い歩《ある》き方《かた》だ。

目《め》つきも、花《はな》を見《み》ていたときとはまったくちがう。生気《せいき》のやどった強《つよ》いまなざしだ。

「ミチヨ、大丈夫《だいじょうぶ》やぞ。大丈夫《だいじょうぶ》やぞ」

じっちゃんは、まるで自分《じぶん》に言《い》い聞《き》かせるように、小《ちい》さく口《くち》を動《うご》かしていた。その言葉《ことば》は、ふしぎなくらいに蓮人《れんと》に安心感《あんしんかん》をもたらした。

（あおいは絶対大丈夫《ぜったいだいじょうぶ》だ）

じっちゃんは……あの青年《せいねん》は、かならずあおいをたすけてくれる。そんな気《き》がするのだ。

「もうちょっとだよ。がんばって！」

美里《みさと》の言葉《ことば》に道《みち》の先《さき》を見《み》ると、ほのかにともるオレンジ色《いろ》の明《あ》かりが見《み》えた。夕陽《ゆうひ》だ。山道《やまみち》の入《い》り口《ぐち》にたどりついたのだ。

目《め》のくらむような夕焼《ゆうや》けが視界《しかい》に広《ひろ》がる。

（ついた……もう大丈夫《だいじょうぶ》だ……）

そこには何人《なんにん》もの大人《おとな》がいた。なぜか蓮人《れんと》のお父《とう》さんとお母《かあ》さんもいる。

「蓮人《れんと》！　あおい！」

お母《かあ》さんが蓮人《れんと》を見《み》る。そして、おぶわれたあおいを見《み》つけ、じっちゃんの背《せ》からうばいとるようにしてだきかかえた。

「ミチヨ、ミチヨ……」

じっちゃんがあとを追《お》う。けれど足《あし》がもつれ、へたりとその場《ば》にたおれこんだ。

「蓮人《れんと》、お母《かあ》さんたち病院《びょういん》に行《い》くから！」

お母《かあ》さんがさけぶ。

「蓮人《れんと》は先《さき》に帰《かえ》ってろ！」

お父《とう》さんが石橋《いしばし》の上《うえ》に用意《ようい》していた車《くるま》に、お母《かあ》さんとあおいをおしこめるようにして乗《の》せる。

車《くるま》はあっというまに、道《みち》のむこうに消《き》えた。

「ミチヨ、ミチヨ……！」

じっちゃんの声《こえ》が、夕焼《ゆうや》け色《いろ》の河原《かわら》にひびいた。

十三　ミチヨの正体《しょうたい》

その夜《よる》、あおいはもどってこなかった。ひと晩入院《ばんにゅういん》することになったのだ。お母《かあ》さんはあおいにつきそい、お父《とう》さんだけが帰《かえ》ってきた。

「大事《だいじ》をとっての入院《にゅういん》で、それほど具合《ぐあい》はわるくない。だから、心配《しんぱい》するな」

帰《かえ》ってきたお父《とう》さんは、開口一番《かいこういちばん》、蓮人《れんと》をなぐさめるようにそう言《い》った。

山道《やまみち》の入《い》り口《ぐち》にいた大人《おとな》たちは、玄太《げんた》の家族《かぞく》と近所《きんじょ》の人《ひと》たちだった。玄太《げんた》たち四人《にん》が山《やま》の方《ほう》にむかっているのを見《み》た近所《きんじょ》の人《ひと》が玄太《げんた》の家族《かぞく》に伝《つた》え、みんなでさがしに来《き》たのだそうだ。河原《かわら》で玄太《げんた》が落《お》としたタオルを見《み》つけ、このあたりにいるのではないかと、山《やま》へ入《はい》るところだったという。

一方《いっぽう》、蓮人《れんと》のお母《かあ》さんは、町内会《ちょうないかい》から帰《かえ》ってきて、あおいがいないことに気《き》づいた。お母《かあ》さんは仕事中《しごとちゅう》のお父《とう》さんに連絡《れんらく》をとり、ふたりで小学校《しょうがっこう》までさがしに行《い》き、そこで原田先生《はらだせんせい》に「あおいは蓮人《れんと》と美里《みさと》といっしょにいるはずだ」と聞《き》いたのだそうだ。しかし、安心《あんしん》したのもつかのま、家《いえ》に帰《かえ》るとちゅうで近所《きんじょ》の人《ひと》から、蓮人《れんと》たちが山《やま》へむかったようだと聞《き》き、あわててやってきたという。

その日《ひ》、蓮人《れんと》はひさしぶりに、お父《とう》さんとふたりで風呂《ふろ》に入《はい》った。少《すこ》し熱《あつ》めのお湯《ゆ》につかると、足《あし》がじんじんとしびれた。

「川《かわ》でおぼれたんじゃないか、山《やま》で遭難《そうなん》したんじゃないかって、お母《かあ》さん真《ま》っ青《さお》になってたぞ」

お父《とう》さんもつかれたのか、しきりに肩《かた》をまわしている。

「おぼれるわけないよ、あんなに浅《あさ》い川《かわ》。山《やま》は……まぁ少《すこ》しこわかったけど」

「もう心配《しんぱい》かけるなよ」

「お母《かあ》さんが心配《しんぱい》してるのはあおいだろ」

「蓮人《れんと》のことだってそうさ。むしろ、蓮人《れんと》を心配《しんぱい》してた。あおいが危険《きけん》なことをするわけない。むちゃをするのは蓮人《れんと》だからってな」

お父《とう》さんが、蓮人《れんと》の頭《あたま》をぽんぽんとたたいた。

意外《いがい》だった。

お母《かあ》さんが、あおいより自分《じぶん》を心配《しんぱい》していただなんて……。

「そういえば、玄太《げんた》くんのひいおじいさんが言《い》ってたミチヨって、だれのことなんだろうな」

お父《とう》さんが思《おも》い出《だ》したように言《い》った。

あのあと、じっちゃんは玄太《げんた》の家族《かぞく》につれられて帰《かえ》っていった。肩《かた》を丸《まる》めて「ミチヨ、ミチヨ……」とうなり声《ごえ》をあげながら。

「おれも気《き》になってる。聞《き》いてみるよ」

湯《ゆ》けむりの中《なか》で目《め》を閉《と》じると、りりしい顔《かお》をした青年《せいねん》の顔《かお》が脳裏《のうり》に浮《う》かんだ。

次《つぎ》の日《ひ》の朝早《あさはや》く、あおいとお母《かあ》さんがもどってきた。

「ただいま……」

あおいの元気《げんき》のない声《こえ》を、蓮人《れんと》は居間《いま》で聞《き》いた。大事《だいじ》をとっての入院《にゅういん》だとお父《とう》さんは言《い》っていたけれど、まだ具合《ぐあい》がわるいのだろうか。

蓮人《れんと》は、おそるおそる玄関《げんかん》にむかった。

と、あおいが突然《とつぜん》、蓮人《れんと》にむかってかけてきた。

「お兄《にい》ちゃん、ごめんなさい！」

はがいじめのようにきつくだきつかれ、蓮人《れんと》はおどろいて声《こえ》も出《で》ない。

「お母《かあ》さんにしかられちゃった。お兄《にい》ちゃんはいつもぼくの体調《たいちょう》を気《き》にしてくれたのに、自分《じぶん》から危険《きけん》なことをするなんて、って」

「それは……」

四人《にん》で決《き》めて四人《にん》で行《い》ったのだから、連帯責任《れんたいせきにん》だ。それに、あのとき蓮人《れんと》は、あおいのぜんそくのことなんてすっかりわすれていた。

「いつまでもお兄《にい》ちゃんにたよっちゃだめだって。しっかりしなくちゃいけないって」

あおいの言葉《ことば》に、蓮人《れんと》は玄関《げんかん》に立《た》っているお母《かあ》さんの顔《かお》を見《み》た。気《き》まずそうに目《め》をふせていたお母《かあ》さんが、口《くち》を開《ひら》いた。

「お母《かあ》さん、安心《あんしん》してた。蓮人《れんと》がいるから、あおいは大丈夫《だいじょうぶ》だって。ついついあなたにあまえてた」

お母《かあ》さんの目《め》が赤《あか》くなっている。

「ひっこしのことも、本当《ほんとう》は不安《ふあん》だったの。お父《とう》さんの故郷《こきょう》とはいえ、住《す》んだこともない土地《とち》でやっていけるかしらって。でも、蓮人《れんと》は反対《はんたい》しないでくれた。あたり前《まえ》のようについてきてくれた。ひっこしてからも、毎日《まいにち》あおいと登下校《とうげこう》してくれた。ぐちのひとつも言《い》わずに、ここでのくらしを受《う》け入《い》れてくれた。あのとき、『あおいの都合《つごう》でこんなところにつれてこられた』って言《い》った蓮人《れんと》の言葉《ことば》がなかったら、きっと気《き》づかなかったわ。蓮人《れんと》の気持《きも》ちをないがしろにしてたこと」

お母《かあ》さんの目《め》から、いつのまにか涙《なみだ》がこぼれていた。

蓮人《れんと》はふと、いつか薪《まき》の上《うえ》にすわっていたお母《かあ》さんの姿《すがた》を思《おも》い出《だ》した。

お母《かあ》さんも心細《こころぼそ》かったのだ、きっと。

どうしてこんなところに来《き》ちゃったんだろうと、後悔《こうかい》したこともあったかもしれない。

あおいがぜんそくじゃなければ東京《とうきょう》にいられたのに、と考《かんが》えたことだってあったかもしれない。

「お母《かあ》さん、あなたにたよりすぎてたわね。今《いま》までごめんなさい」

ふいに、お母《かあ》さんの腕《うで》があおいをとらえ、そして蓮人《れんと》のからだにまわった。

「ふたりをだきしめても、まだ腕《うで》があまってる。お母《かあ》さん、もっとしっかりしなくちゃいけなかったわね」

水《みず》が砂《すな》にしみ入《い》るように、お母《かあ》さんの言葉《ことば》が蓮人《れんと》の心《こころ》にじんわりと伝《つた》わった。今《いま》までのもやもやした気持《きも》ちがすぅっと消《き》えていく。

「もういいんだ」

そう言《い》うのがせいいっぱいだった。

今《いま》なら、お母《かあ》さんの気持《きも》ちがわかる。お母《かあ》さんのかかえていた気持《きも》ちが。

それでも、蓮人《れんと》はここに来《き》てよかったと思《おも》った。

あおいのこと、お母《かあ》さんのこと、前《まえ》よりもずっとすきになれたと思《おも》うから。

「うわぁ。お母《かあ》さん苦《くる》しいよ」

蓮人《れんと》とお母《かあ》さんにはさまれたあおいが、うれしそうにもがいていた。

朝食《ちょうしょく》を食《た》べると、蓮人《れんと》は玄太《げんた》の家《いえ》へむかった。玄太《げんた》はまるで、蓮人《れんと》がやってくることをわかっていたかのようにむかえ入《い》れた。

「あおいの具合《ぐあい》、どうや?」

「入院《にゅういん》したけど、もうもどってきたよ」

玄太《げんた》はほっとしたように胸《むね》をおさえた。

「玄太《げんた》。やっぱりおれ、どうしても気《き》になることがある」

「わかっちょる。それを調《しら》べに来《き》たんやろ」

蓮人《れんと》はうなずいた。

「おれも、勇気《ゆうき》を出《だ》してみようと思《おも》っちょった。蓮人《れんと》が来《き》てくれてよかった」

玄太《げんた》にうながされ、蓮人《れんと》は居間《いま》へ入《はい》った。

ちゃぶ台《だい》に、老眼鏡《ろうがんきょう》をかけたおじいさんがすわっていた。といっても、じっちゃんではなく、『じっちゃんの息子《むすこ》』……玄太《げんた》がじいちゃんと呼《よ》んでいる方《ほう》のおじいさんだ。

蓮人《れんと》はおじぎをした。

「じいちゃん、友達《ともだち》の蓮人《れんと》。前《まえ》に会《あ》ったことがあるやろ」

「蓮人《れんと》くんか。玄太《げんた》がいつもお世話《せわ》になっちょるね。まあ、すわりなさい」

玄太《げんた》と蓮人《れんと》は『じっちゃんの息子《むすこ》』とむかい合《あ》う形《かたち》ですわった。

「わしは弘《ひろむ》というんよ。この家《いえ》にはじいさんがふたりもいてまぎらわしいからね。近所《きんじょ》の人《ひと》たちにはヒロさんと呼《よ》ばれちょる。蓮人《れんと》くんも、ヒロさんでかまわんよ」

ヒロさんがにこりとわらった。蓮人《れんと》も玄太《げんた》も表情《ひょうじょう》がかたくなっているのだろう。緊張《きんちょう》をほぐそうとしてくれているようだ。

「昨日《きのう》はすまんかったね。とんでもないことにまきこんでしまった」

蓮人《れんと》はあわてて首《くび》をふった。じっちゃんのおかげで、あおいは大事《だいじ》にいたらなかったのだ。

「じっちゃんはどうしてますか？」

「部屋《へや》で寝《ね》ちょる。さすがにつかれたんやろう」

蓮人《れんと》は玄太《げんた》に目配《めくば》せした。

玄太《げんた》がうなずく。

「おれたち、じいちゃんに聞《き》きたいことがあるんや」

玄太《げんた》が切《き》り出《だ》した。

「なんじゃね？」

ヒロさんの肩《かた》が、ほんの少《すこ》しぴくりと動《うご》いた。

「ミチヨって人《ひと》、知《し》ってるんですよね？」

ヒロさんが蓮人《れんと》の顔《かお》を見《み》つめた。

蓮人《れんと》は目《め》をそらさなかった。ここでひいてしまっては、もう二度《にど》と聞《き》くことはできない気《き》がする。

重《おも》い空気《くうき》をやぶるように、玄太《げんた》が口《くち》を開《ひら》いた。

「このあいだ、じっちゃんがいなくなったとき、蓮人《れんと》がミチヨのことを聞《き》いたやろ。あのとき、じいちゃんはなにか知《し》っちょるんやなって気《き》づいた。でも、じいちゃんが言《い》いたがらんってことは、いい思《おも》い出《で》じゃないってことや。それで、もう聞《き》くに聞《き》けんかった……。じいちゃんを傷《きず》つけるかもしれんと思《おも》ったし、もしかしたら戦争《せんそう》に関係《かんけい》あるかもしれんこと、知《し》ってしまうのもこわかった……」

玄太《げんた》はひと言《こと》ひと言《こと》をかみしめるように話《はな》している。正座《せいざ》をしたひざの上《うえ》でにぎられたこぶしが、かすかにふるえている。

蓮人《れんと》は玄太《げんた》の背《せ》に、そっと手《て》を置《お》いた。

「でも、もう目《め》をそらすことはできん。じっちゃんはミチヨのことを思《おも》って、山《やま》に登《のぼ》ったんや。おれ、じっちゃんがかわいそうでしかたない」

ヒロさんはしばらく宙《ちゅう》を見《み》つめていた。そして、決心《けっしん》したように立《た》ちあがると、居間《いま》を出《で》ていった。

「もしかしたら、おこらせちゃったのかな」

蓮人《れんと》は玄太《げんた》にささやいた。

「やっぱり、聞《き》くべきじゃなかったんか」

玄太《げんた》の顔《かお》に、後悔《こうかい》の色《いろ》が広《ひろ》がっている。

そのまましばらく、ふたりは無言《むごん》で正座《せいざ》していた。

もどってきたヒロさんは、いくぶんかすっきりした表情《ひょうじょう》になっていた。蓮人《れんと》はほっと胸《むね》をなでおろした。

ヒロさんは、マンガ本《ぼん》くらいの大《おお》きさの平《ひら》たい缶《かん》を手《て》にしていた。ずいぶん古《ふる》いものらしく、ところどころさびついている。

ヒロさんは蓮人《れんと》と玄太《げんた》のむかいに腰《こし》をおろし、缶《かん》をちゃぶ台《だい》にそっと置《お》いた。

「ミチヨ……。はじめて蓮人《れんと》くんからその名前《なまえ》を聞《き》いたとき、わしもずいぶんおどろいた。なつかしい名前《なまえ》や。思《おも》い出《だ》したいような、わすれたいような……。ここが苦《くる》しくせつなくなる。そんな名前《なまえ》や」

ヒロさんが、胸《むね》をおさえた。

「じっちゃんは、いつからミチヨの名前《なまえ》を口《くち》にしちょったんや？」

「四月《がつ》のはじめ……始業式《しぎょうしき》の朝《あさ》や。あおい……蓮人《れんと》の弟《おとうと》のことやけど、偶然《ぐうぜん》あおいを見《み》て、そのときはじめてミチヨって言《い》ったんや」

玄太《げんた》が記憶《きおく》をたどるように答《こた》えた。

「そうか。あおいくんというのは、昨日《きのう》じっちゃんにせおわれちょった男《おとこ》の子《こ》やね」

「はい。ぼくの弟《おとうと》です」

蓮人《れんと》がうなずくと、ヒロさんが缶《かん》を開《あ》けた。

「たしかに、なんとなくにちょるかもしれん」

中《なか》には、白黒《しろくろ》の写真《しゃしん》が一枚《まい》だけ入《はい》っていた。

よれたシャツに細身《ほそみ》のズボンという、質素《しっそ》な姿《すがた》の背《せ》の高《たか》い男《おとこ》の人《ひと》に、無地《むじ》の着物姿《きものすがた》の小柄《こがら》な女《おんな》の人《ひと》。ふたりのあいだに、七歳《さい》くらいの男《おとこ》の子《こ》が立《た》っている。丸刈《まるが》りで、口《くち》をきゅっと一文字《いちもんじ》にむすんでいる。女《おんな》の人《ひと》の少《すこ》し前《まえ》には五歳《さい》くらいの女《おんな》の子《こ》。女《おんな》の人《ひと》のからだにもたれるようにして笑顔《えがお》で立《た》っている。

（この女《おんな》の子《こ》……）

マッシュルームのような、ほわんとした髪形《かみがた》。背《せ》こそあおいの方《ほう》が高《たか》いようだけれど、ふんいきがあおいにそっくりだ。

「もしかして、この女《おんな》の子《こ》と弟《おとうと》がにてるってことですか？」

蓮人《れんと》がたずねると、ヒロさんがうなずいた。

蓮人《れんと》は写真《しゃしん》をあらためて見《み》つめた。

「この人《ひと》……！」

男《おとこ》の人《ひと》の顔《かお》を見《み》て、おどろいた。

その顔《かお》は、昨日《きのう》じっちゃんがあおいをせおったときに見《み》せた青年《せいねん》の顔《かお》にそっくりだった。いや、青年《せいねん》そのものだったのだ。

「じっちゃんの出征《しゅっせい》が決《き》まってすぐ、写真館《しゃしんかん》でとったんや。もう家族全員《かぞくぜんいん》でとることはないかもしれんって言《い》ってな。けど、亡《な》くなったのはじっちゃんやなくて、わしの妹《いもうと》、ミチヨやった」

ヒロさんは、ぼんやりと写真《しゃしん》を見《み》ながら、静《しず》かに語《かた》った。

「終戦《しゅうせん》の年《とし》の春《はる》のことや。大《おお》きな空襲《くうしゅう》がこの町《まち》をおそった。朝《あさ》八時《じ》をすぎたころか。なんでもない、いつもと同《おな》じ朝《あさ》のはずやった。でもちがった。空襲《くうしゅう》は、ミチヨの命《いのち》をうばっていった」

蓮人《れんと》はあらためて写真《しゃしん》を見《み》た。

四人《にん》家族《かぞく》。若《わか》いころのじっちゃん。奥《おく》さん。子《こ》どもはふたり。お兄《にい》ちゃんと妹《いもうと》。

『わしには、子《こ》どもがふたりおるんじゃ。息子《むすこ》と娘《むすめ》。娘《むすめ》の方《ほう》はこんなにこんまい』

いつかじっちゃんが言《い》っていた。娘《むすめ》はかわいいけれど息子《むすこ》にはきびしくしてしまう、と。

（ミチヨって、じっちゃんの娘《むすめ》のことだったんだ……！）

「家《いえ》の近《ちか》くに航空基地《こうくうきち》があったんよ。空襲《くうしゅう》にまきこまれ、家《いえ》は壊滅《かいめつ》した。家《いえ》から飛《と》び出《だ》し、わしと母親《ははおや》はなんとかたすかった。けど、ミチヨの姿《すがた》が見《み》えん。焼《や》け野原《のはら》になったほうぼうを歩《ある》きまわっちょると、近所《きんじょ》の人《ひと》が、麦畑《むぎばたけ》の方《ほう》ににげるのを見《み》たと言《い》ってきてな。必死《ひっし》にさがした。けど、結局見《けっきょくみ》つからんままよ」

蓮人《れんと》の耳《みみ》の奥《おく》で、さわさわと麦《むぎ》のゆれる音《おと》がした気《き》がした。

「じっちゃんは戦争《せんそう》から帰《かえ》ってきて、ミチヨの死《し》を知《し》ったんよ。おいおい泣《な》いて、それからあまりしゃべらんようになった。戦争《せんそう》に行《い》った話《はなし》だって、これまでひと言《こと》だってせんかった」

ヒロさんが、写真《しゃしん》のミチヨをやさしく指《ゆび》でなぞった。

「これまで封印《ふういん》したかのように、ミチヨのことは言《い》わんかったのになぁ。認知症《にんちしょう》になって、突然《とつぜん》じり焼《や》きをつくり出《だ》したとき、なんとなく予感《よかん》はしたんよ。ミチヨのことを思《おも》い出《だ》すんやないかってな」

「じり焼《や》きで、なんでミチヨを思《おも》い出《だ》すんや？」

玄太《げんた》がたずねる。

「じり焼《や》きはミチヨの大好物《だいこうぶつ》でな。ここらでは麦《むぎ》を栽培《さいばい》しちょるし、うちは小《ちい》さいながらも養《よう》蜂《ほう》をやっちょってな。小麦粉《こむぎこ》もはちみつも手《て》に入《はい》るから、戦時中《せんじちゅう》でもわりかしつくれたおやつなんよ。こんまいからだで、ミチヨはよう食《た》べた。わしの分《ぶん》までとったりして、わしはしょっちゅうミチヨをおこった。じっちゃんはきまって、『ええじゃないか。兄《にい》ちゃんなんや、がまんせい』と言《い》ってな。わしはいつも、理不尽《りふじん》な気持《きも》ちになったもんよ。あの当時《とうじ》、じっちゃんがつくったところなんか見《み》たことはなかったけど、つくり方《かた》は知《し》っちょったんやな」

認知症《にんちしょう》になって、じり焼《や》きをつくりはじめたじっちゃん。ミチヨが生《い》きていると思《おも》いこんで、ミチヨのために焼《や》いていたのだろうか。山《やま》ほどつくったじり焼《や》きを、玄太《げんた》にもあげないで、泣《な》きながらひとりで食《た》べて。

じっちゃんの頭《あたま》の中《なか》はきっと、空想《くうそう》と現実《げんじつ》がいっしょくたになった、めちゃくちゃな状態《じょうたい》だったにちがいない。

じっちゃんにぜんぶ食《た》べさせてやれ、と玄太《げんた》に言《い》ったヒロさんは、そんなじっちゃんの心《こころ》を理解《りかい》していたのだろう。

「ミヤマキリシマは、ミチヨちゃんとどんな関係《かんけい》があるんですか？　じっちゃんはミヤマキリシマをさがしに、山《やま》へ行《い》ったみたいなんですけど」

蓮人《れんと》はたずねた。

「ミヤマキリシマかぁ。なつかしいのぅ」

ヒロさんが目《め》を細《ほそ》めた。

「まだ戦火《せんか》のはげしくなる前《まえ》や。用事《ようじ》で、久住山《くじゅうさん》という山《やま》の近《ちか》くに住《す》む、親戚《しんせき》の家《いえ》に行《い》ったんよ。そこで、その山《やま》にさくミヤマキリシマのことを聞《き》いてな。ちょうど満開《まんかい》になっちょるころやと知《し》って、ミチヨが見《み》たい見《み》たいとだだをこねてな。登《のぼ》ることになったんやけど、ほとんどじっちゃんにおぶわれて歩《ある》きもせんで。そのくせ、一面《いちめん》にさいたミヤマキリシマを見《み》たとたん、『もも色《いろ》のじゅうたんみたいや』『また来《こ》ような』って元気《げんき》になったたっけな。家族《かぞく》で出《で》かけるなんて、あとにも先《さき》にもそれ一回《かい》きりやった。なつかしい思《おも》い出《で》や」

「九住山《くじゅうさん》って、昨日《きのう》登《のぼ》った山《やま》？」

蓮人《れんと》がたずねると、玄太《げんた》は首《くび》をふった。

「いや。県内《けんない》やけど、全然《ぜんぜん》ちがう。じいちゃん、ここらの山《やま》にミヤマキリシマはさくんか？」

「まさか。ここらの山《やま》にさくのは、ただのヤマツツジや」

「そうなんか。じっちゃん、かんちがいしちょったんやな……」

ミヤマキリシマをさがして、まったくべつの山《やま》に登《のぼ》っていたじっちゃん。ミチヨに見《み》せたいと言《い》って、ヤマツツジをだきしめていたじっちゃん。

蓮人《れんと》は胸《むね》が痛《いた》くなった。

「それなら、このベーゴマは？　最近《さいきん》ずっとにぎりしめちょるんやけど」

玄太《げんた》がポケットからベーゴマを出《だ》した。ヒロさんが指《ゆび》でつまみ、目《め》の高《たか》さまで持《も》ちあげる。

「こんなもの、まだあったんか」

ヒロさんの顔《かお》がほころぶ。

「ベーゴマっていうのは、ふつう鉄《てつ》でできちょるものなんや。けど、戦時中《せんじちゅう》は武器《ぶき》をつくるために鉄《てつ》が必要《ひつよう》でな。かわりにガラスのベーゴマがつくられた。それが、まわしにくくてな。正直《しょうじき》あそんでもつまらんかったわ。ミチヨはおさなかったし、ますますうまくまわせんでな。それでも、毎日毎日《まいにちまいにち》あきもせずに練習《れんしゅう》しちょった。『父《とう》ちゃんが戦争《せんそう》から帰《かえ》ってくるまでに、まわせるようになるから』なんて言《い》っちょったけど、結局最後《けっきょくさいご》までまわせんかった」

ヒロさんが縁側《えんがわ》の方《ほう》に目《め》をやった。

「空襲《くうしゅう》で崩壊《ほうかい》した家《いえ》も、ここと同《おな》じようなつくりで縁側《えんがわ》があった。ミチヨが練習《れんしゅう》するところを、じっちゃんはよく縁側《えんがわ》で楽《たの》しそうにながめちょった」

じっちゃんは、ミチヨがベーゴマをまわすところを、どんなに見《み》たかっただろう。

いつか、じっちゃんが大切《たいせつ》そうにベーゴマにほおずりしていた姿《すがた》を思《おも》い出《だ》し、蓮人《れんと》はもう、あふれる涙《なみだ》を止《と》めることができなかった。

「じいちゃん、ありがとな。つらいこと、思《おも》い出《だ》させてわるかった」

十四　ガラスのベーゴマ

じっちゃんの戦争《せんそう》

五年《ねん》一組《くみ》　広瀬《ひろせ》　蓮人《れんと》

これまでぼくは、戦争《せんそう》について考《かんが》えたことなんてありませんでした。空襲《くうしゅう》も特攻隊《とっこうたい》もどこか遠《とお》い昔《むかし》のころの出来事《できごと》のようで、自分《じぶん》にはまったく関係《かんけい》がないと思《おも》っていました。だから平和《へいわ》資料館《しりょうかん》へ行《い》ったとき、はじめて知《し》った事実《じじつ》に、おどろきと恐怖《きょうふ》でいっぱいになりました。

それでも、そのあとくわしく知《し》ろうとはしませんでした。やっぱり、どこか身近《みぢか》ではなかったんです。けれど、ぼくはある人《ひと》から、戦争《せんそう》について考《かんが》える機会《きかい》をもらいました。認知症《にんちしょう》のおじいさんです。名前《なまえ》は言《い》えません。じっちゃんと呼《よ》ぶことにします。

じっちゃんは若《わか》いころ、戦争《せんそう》に行《い》きました。戦争《せんそう》に行《い》っているあいだに、この町《まち》をおそった空襲《くうしゅう》で、自分《じぶん》の子《こ》どもをうしないました。

そして認知症《にんちしょう》になった今《いま》になって、その子《こ》どものことを思《おも》い出《だ》すようになりました。思《おも》い出《だ》す、というと、変《へん》かもしれません。きっとじっちゃんは、心《こころ》の中《なか》でずっと、うしなった子《こ》どものことを思《おも》っていたんだと思《おも》います。けれどそれを口《くち》にできず、傷《きず》ついた心《こころ》をかかえたまま七十年《ねん》もたって、今《いま》になってやっと、それも認知症《にんちしょう》になったことでやっと、封印《ふういん》をといたんだと思《おも》います。子《こ》どもの名前《なまえ》を口《くち》にするじっちゃんは、いつも苦《くる》しそうで悲《かな》しそうで、せっぱつまっていて、見《み》ていられませんでした。人《ひと》をこんなにも、何十年《なんねん》にもわたって苦《くる》しめ続《つづ》ける。それが戦争《せんそう》なんだとぼくは思《おも》いました。

平和資料館《へいわしりょうかん》に展示《てんじ》されていたものや、この町《まち》に残《のこ》る戦争《せんそう》の跡《あと》。掩体壕《えんたいごう》のある広場《ひろば》にある、特攻隊《とっこうたい》で亡《な》くなった人《ひと》の名前《なまえ》がほられた石碑《せきひ》。そんな風《ふう》に目《め》で見《み》てわかる傷《きず》もあれば、じっちゃんの心《こころ》の中《なか》のように目《め》には見《み》えない傷《きず》もある。おわったようで、いつまでも続《つづ》いている。なくなったようで、ずっと心《こころ》をしばり続《つづ》ける。それが戦争《せんそう》なんだと思《おも》いました。

この町《まち》の麦畑《むぎばたけ》を見《み》るたびに、ぼくは思《おも》い出《だ》したいと思《おも》います。ここで、戦争《せんそう》があったことを。いつまでも、わすれずにいようと思《おも》います。じっちゃんの思《おも》いや、じっちゃんと同《おな》じような思《おも》いをした、たくさんの人《ひと》たちのことを。

＊
＊
＊

麦畑《むぎばたけ》が、一面《いちめん》黄金色《こがねいろ》にそまっている。六月《がつ》になり、景色《けしき》はまたうつりかわった。

さわさわとやわらかい風《かぜ》になびく麦《むぎ》の穂《ほ》を横目《よこめ》に、蓮人《れんと》は滑走路《かっそうろ》の道《みち》を走《はし》った。

玄太《げんた》の家《いえ》の門《もん》をくぐると、庭《にわ》にはすでに、クラスメートが大勢《おおぜい》集《あつ》まっていた。

「おそかったな」

玄太《げんた》がけん玉《だま》をまわしながら蓮人《れんと》を見《み》た。そばには、ゴムとびをしている女子《じょし》たちや、メンコで対戦《たいせん》している男子《だんし》たちがいる。

「わるい。日直《にっちょく》だったんだ」

じっちゃんは縁側《えんがわ》にすわっていた。少《すこ》しねむそうな、夢《ゆめ》の中《なか》にいるようなやさしい顔《かお》で、クラスメートたちの姿《すがた》を見《み》ている。

じっちゃんのとなりにいる美里《みさと》が、蓮人《れんと》に手《て》まねきした。なんだろうと近《ちか》づくと、「いよいよだね」と、蓮人《れんと》にウィンクする。そのしぐさにどきりとして、蓮人《れんと》はあわてて目《め》をそらした。

ゴールデンウィーク明《あ》けに、じっちゃんのことを書《か》いた作文《さくぶん》を発表《はっぴょう》した。読《よ》みはじめたときにはなんの話《はなし》だとざわめいていた教室《きょうしつ》が、読《よ》みおえたころには拍手《はくしゅ》につつまれた。

「玄太《げんた》。みんなを玄太《げんた》の家《いえ》に呼《よ》ばない？」

作文《さくぶん》を発表《はっぴょう》したその日《ひ》の帰《かえ》り、蓮人《れんと》は玄太《げんた》にそう提案《ていあん》した。

「なんや、いきなり」

「今日作文《きょうさくぶん》を読《よ》んで、思《おも》ったんだ。みんな、じっちゃんが認知症《にんちしょう》だからって、こわがったり気《き》味《み》わるがったりしないよ」

「だからって、なんで家《いえ》に呼《よ》ぶんや？」

「じっちゃんに、ミチヨちゃんのいた楽《たの》しかったころのこと、思《おも》い出《だ》してほしいんだ。縁側《えんがわ》でベーゴマをまわすミチヨちゃんをながめてたときの、しあわせな気持《きも》ちをさ。みんなでわいわい昔《むかし》のあそびをしようよ。じっちゃん、きっと元気《げんき》になるよ」

山《やま》へ登《のぼ》った日以来《ひいらい》、じっちゃんは急激《きゅうげき》にやつれた。鉄砲《てっぽう》の弾《たま》をつくったり、ふらりと外《そと》へ出《で》たりすることはなくなり、横《よこ》になってばかりになった。

玄太《げんた》から、そんなじっちゃんの様子《ようす》を聞《き》き、蓮人《れんと》はいてもたってもいられなかったのだ。

「昔《むかし》のあそびか……。いいかもな」

あっさりと納得《なっとく》したのは、玄太《げんた》もじっちゃんの体調《たいちょう》が気《き》がかりだったからだろう。

蓮人《れんと》と玄太《げんた》は次《つぎ》の日《ひ》、玄太《げんた》と仲《なか》のいい男子数人《だんしすうにん》に、じっちゃんのことを話《はな》してみた。

「蓮人《れんと》の作文《さくぶん》のじっちゃんって、玄太《げんた》のじっちゃんのことやったんか」

「最近玄太《さいきんげんた》、放課後《ほうかご》もまっすぐ家《いえ》に帰《かえ》るから、なんでかなって思《おも》っちょったんや」

「それならそうと、言《い》ってくれたらよかったのに。みんなでじっちゃんを元気《げんき》にしようや」

男子《だんし》たちのはげましを受《う》け、玄太《げんた》は見《み》るからにほっとしていた。

蓮人《れんと》は美里《みさと》にたのみ、玄太《げんた》の家《いえ》で昔《むかし》のあそびをするという計画《けいかく》を、女子《じょし》たちに話《はな》してもらった。そして、その日《ひ》からクラスメートの大半《たいはん》が、放課後《ほうかご》玄太《げんた》の家《いえ》に集《あつ》まるようになったのだ。

「あおい、これから披露《ひろう》するって言《い》っちょったぞ」

玄太《げんた》が和室《わしつ》を指《ゆび》さす。閉《と》じられた障子《しょうじ》のむこう、じっちゃんが鉄砲《てっぽう》の弾《たま》をつくっていた部屋《へや》で、あおいはひとりであの練習《れんしゅう》をしているはずだ。

「知《し》ってる。だから急《いそ》いで来《き》たんだ」

玄太《げんた》の家《いえ》にクラスメートが集《あつ》まるようになって二週間《しゅうかん》。だから、あおいがあの練習《れんしゅう》をするようになって二週間《しゅうかん》がたつ。

「服《ふく》なんか、わざわざ美里《みさと》の小《ちい》さいころのをかりたらしいな」

玄太《げんた》に言《い》われて、蓮人《れんと》は今朝《けさ》あおいが着《き》ていた服《ふく》を思《おも》い出《だ》した。小《ちい》さな花柄模様《はながらもよう》のついた白《しろ》いT《ティー》シャツに、あずき色《いろ》のハーフパンツだ。

「服《ふく》にまでこだわらなくてもいいじゃないか。しかも、わざわざ朝《あさ》から着《き》るなんてさ」

そう言《い》った蓮人《れんと》に、

「ツメがあまいよ、お兄《にい》ちゃん。やるならやらなきゃ。今日《きょう》は一日女《いちにちおんな》の子《こ》の気持《きも》ちですごすんだからね」

と、あおいは胸《むね》をはっていた。

今日《きょう》にかける気持《きも》ちは、だれよりあおいが強《つよ》いにちがいない。

「二週間《しゅうかん》で絶対《ぜったい》できるようになるから！」

蓮人《れんと》がこの計画《けいかく》を提案《ていあん》したとき、あおいはそう宣言《せんげん》した。じっちゃんは日《ひ》に日《ひ》によわっていく。一日《いちにち》でも早《はや》く、じっちゃんに見《み》せたい。二週間《しゅうかん》という期限《きげん》は、あおいが自分《じぶん》を追《お》いこむためにつくった誓約《せいやく》だった。そして本当《ほんとう》に、あおいは二週間《しゅうかん》でできるようになったのだ。

（たのむぞ、あおい……）

蓮人《れんと》はおがむように、両手《りょうて》を合《あ》わせた。

ふいに障子《しょうじ》が開《ひら》き、あおいが緊張《きんちょう》したおももちで出《で》てきた。手《て》にはガラスのベーゴマがにぎられている。

「あ、お兄《にい》ちゃん……」

蓮人《れんと》を見《み》ると、あおいの表情《ひょうじょう》が少《すこ》しだけほぐれた。

「これからやるんだな」

蓮人《れんと》が確認《かくにん》すると、あおいはゆっくりうなずいた。

じっちゃんがふりむき、あおいの姿《すがた》に気《き》づく。そして、やさしくほほえんだ。

「父《とう》ちゃん」

あおいがそっと声《こえ》をかけた。

「父《とう》ちゃん、見《み》ちょって。あたし、いっぱい練習《れんしゅう》したんよ」

やさしくじっちゃんに話《はな》しかけるあおいは、もう女《おんな》の子《こ》にしか、いや、ミチヨにしか見《み》えない。

大丈夫《だいじょうぶ》だ、と蓮人《れんと》は思《おも》った。朝《あさ》ぐずぐずとだだをこね、学校《がっこう》に行《い》かなかったあおいじゃない。ひとりだけ鍵盤《けんばん》ハーモニカをひけなかったあおいでも、クラスメートにつっつかれ泣《な》きそうな顔《かお》をしていたあおいでもない。

目《め》の前《まえ》のあおいは、じっちゃんのために二週間必死《しゅうかんひっし》でベーゴマをまわす練習《れんしゅう》をした、女《おんな》の子《こ》の服《ふく》をはずかしげもなく着《き》て登校《とうこう》した、蓮人《れんと》の自慢《じまん》の弟《おとうと》だ。

あおいが縁側《えんがわ》から庭《にわ》へおりた。

「みんなも見《み》ちょってよ」

その声《こえ》に、あそんでいた面々《めんめん》の視線《しせん》があおいに集《あつ》まった。この計画《けいかく》は、ここにいる全員《ぜんいん》が知《し》っている。

あおいが、あらかじめ用意《ようい》しておいた、大《おお》ぶりのバケツの前《まえ》に立《た》った。バケツには、厚《あつ》い布《ぬの》がぴんとはられている。

ベーゴマを空《そら》にかかげる。太陽《たいよう》の光《ひかり》を吸収《きゅうしゅう》して、ベーゴマがきらりと光《ひか》る。

あおいは、巻《ま》き貝《がい》のように渦《うず》をまいている部分《ぶぶん》に、ていねいに糸《いと》をまいていった。そして、

あまった糸《いと》をしっかりにぎった。

（いよいよだ……）

蓮人《れんと》はごくりとつばを飲《の》みこんだ。

「ミチヨ、がんばれ」

美里《みさと》が言《い》った。

「ミチヨ、いけ！」

玄太《げんた》も言《い》った。

「ミチヨ！」「ミチヨ！」「ミチヨ！」

みんなの声《こえ》がかけ声《ごえ》になり、庭《にわ》にひびく。

じっちゃんはまばたきひとつせず、あおいを、いや、ミチヨを見《み》ている。

「いっせいのせ！」

あおいが布《ぬの》の上《うえ》にベーゴマをはなった。

ベーゴマがおどった。

くるくるくるくる。かろやかに、まるで生《い》きているかのように。

「やった……」

あおいが胸《むね》の前《まえ》で手《て》を合《あ》わせる。

そのとき、じっちゃんが立《た》ちあがった。はだしのまま、とがった石《いし》ころが足《あし》にささるのもおかまいなしに、あおいのもとへかけていく。

そして、ひざからくずれ落《お》ちるようにして、あおいをだきしめた。

「ミチヨ、ようやったなぁ」

あおいは目《め》をぱちくりさせたあと、じっちゃんの背中《せなか》にそっと腕《うで》をまわした。

「ずうっと父《とう》ちゃんに見《み》てほしかったんよ。おそくなってごめんな」

じっちゃんはあおいの胸《むね》に顔《かお》をうずめるようにして、何度《なんど》も何度《なんど》もうなずいた。

ガラスのベーゴマはまだ、まわっている。

「成功《せいこう》だな」

蓮人《れんと》が玄太《げんた》を見《み》ると、玄太《げんた》は真《ま》っ赤《か》になった鼻《はな》をすすっていた。

数日後《すうじつご》、じっちゃんが亡《な》くなった。朝《あさ》、玄太《げんた》のお母《かあ》さんがおこしに行《い》くと、ふとんの中《なか》で冷《つめ》たくなっていたそうだ。

通夜《つや》は玄太《げんた》の家《いえ》でおこなわれる。その準備《じゅんび》のあいだ、蓮人《れんと》とあおいは、玄太《げんた》を真《ま》ん中《なか》にして縁側《えんがわ》にすわっていた。

夕暮《ゆうぐ》れの空《そら》の中《なか》、真《ま》っ黒《くろ》い雲《くも》がゆっくりと形《かたち》をかえていく。それを、三人《にん》で静《しず》かに見《み》ていた。

「おれな、じっちゃんはおれのこと、わすれてしまったのかと思《おも》っちょったんや」

玄太《げんた》がふいにつぶやいた。

「なんで？」

「無口《むくち》なじっちゃんやったけど、ようあそんでもらった。なのに、ここ最近《さいきん》ずっとミチヨミチヨやろ。認知症《にんちしょう》とはいえさみしかったんや」

蓮人《れんと》はうなずいた。

「けどな、じっちゃんはミヤマキリシマのさく山《やま》をまちがった。おれとの思《おも》い出《で》のつまった山《やま》に登《のぼ》った。そんで、ふっきれた」

「じっちゃんは玄太《げんた》のこと、わすれてなんかないよ。ミチヨのことだって、言葉《ことば》にしなくてもおぼえてた。心《こころ》の奥《おく》の一番《いちばん》あったかいところに、ずっとミチヨはいたんだ。もちろんヒロさんも。玄太《げんた》もきっと、同《おな》じところにいる」

玄太《げんた》がきょとんとした顔《かお》をした。

「蓮人《れんと》って、案外《あんがい》ロマンチストやな」

「なんだよ。せっかくまじめに話《はな》したのに」

ひとしきりわらったあと、玄太《げんた》があおいにこぶしをつき出《だ》した。

「これ、やる。あおいが持《も》っちょって」

こぶしの中身《なかみ》は、ガラスのベーゴマだった。

「ベーゴマ……。じっちゃんの形見《かたみ》なのに」

「あおいに持《も》っといてほしいんや」

玄太《げんた》がにっとわらった。

「みんな、ここにいたんだ」

美里《みさと》がやってきた。グレーのワンピースを着《き》て、脇《わき》に大《おお》きな図鑑《ずかん》をかかえている。お母《かあ》さんといっしょに来《き》たのだろう。玄関先《げんかんさき》で「美里《みさと》、先《さき》に入《はい》ってるわよ」と、女《おんな》の人《ひと》の声《こえ》がした。

「はーい」

美里《みさと》は玄関《げんかん》にむかって大《おお》きく返事《へんじ》をすると、図鑑《ずかん》を開《ひら》いて見《み》せた。

「これ、見《み》て」

そこには、山《やま》の斜面一面《しゃめんいちめん》にさく、ピンク色《いろ》の花《はな》の写真《しゃしん》がのっていた。

「ミヤマキリシマだ！」

あおいがぴょこっと立《た》ちあがる。

「きれいやな」

玄太《げんた》がつぶやいた。

「お線香《せんこう》をあげるとき、じっちゃんに見《み》せてあげようと思《おも》って持《も》ってきたの」

美里《みさと》の心《こころ》づかいに、蓮人《れんと》は胸《むね》が熱《あつ》くなった。

（じっちゃん、これが見《み》たかったんだよな。いや、見《み》せたかったんだよな、ミチヨに）

蓮人《れんと》はひそかに思《おも》っていたことを言《い》ってみることにした。

「今度《こんど》、九住山《くじゅうさん》に登《のぼ》らない？」

ヒロさんの持《も》っていた白黒《しろくろ》の家族写真《かぞくしゃしん》を九住山《くじゅうさん》のてっぺんでかかげたら、じっちゃんとミチヨはきっとよろこんでくれるだろう。それに、蓮人自身《れんとじしん》、ピンク色《いろ》のじゅうたんを見《み》てみたいとも思《おも》っていた。今図鑑《いまずかん》を見《み》たら、もっともっと見《み》たくなってきた。けれど、山《やま》に登《のぼ》って大人《おとな》たちに迷惑《めいわく》をかけたのは記憶《きおく》に新《あたら》しい。ためらう気持《きも》ちもあったのだ。

「ふふ、そう言《い》うと思《おも》った」

美里《みさと》がいたずらっぽい目《め》をする。

「いいのか、子《こ》どもたちだけで」

玄太《げんた》は少《すこ》し不安《ふあん》そうだ。

「ヒロじいちゃんをさそおうよ。保護者《ほごしゃ》ってことで。お弁当《べんとう》も持《も》っていこう。おやつはもちろん、じり焼《や》き！」

あおいがぴょんぴょんとはねる。

ふっと見《み》あげると、太陽《たいよう》がさいごの力《ちから》をふりしぼるように、まばゆい光《ひかり》をはなっていた。

そして、ゆっくりと、本当《ほんとう》にゆっくりと、山《やま》のむこうに消《き》えた。
蓮人《れんと》は静《しず》かに目《め》を閉《と》じた。まぶたの裏《うら》で、ガラスのベーゴマがまわっていた。

著者
槿 なほ（むくげ・なほ）
1982年、大分県生まれ。大分県立看護科学大学卒。第3回森三郎童話賞佳作受賞。2人の子どもを持つ母でもある。本作で第6回朝日学生新聞社児童文学賞を受賞。

表紙・さし絵
久永 フミノ（ひさなが・ふみの）
イラストレーター。児童向け書籍をはじめとして、雑誌などでもカットイラストを手がける。ポップかつ繊細なタッチが特徴。http://cozmicca.mond.jp/

ガラスのベーゴマ
2015年11月30日　初版第1刷発行

著　者　槿 なほ

編　集　當間 光沙
DTPデザイン　松本 菜月
発行者　植田 幸司

発行所　朝日学生新聞社
〒104-8433　東京都中央区築地5-3-2　朝日新聞社新館9階
電話　03-3545-5227（販売部）
03-3545-5436（出版部）
http://www.asagaku.jp/（朝日学生新聞社の出版案内など）

印刷所　株式会社 シナノ パブリッシングプレス

ISBN978-4-907150-70-9

朝日学生新聞社児童文学賞　第6回受賞作
朝日小学生新聞2015年7月～9月の連載「ガラスのベーゴマ」を再構成しました。

この作品はフィクションです。実在の人物や団体とは関係ありません。
また、登場人物たちが住む町は、大分県宇佐市をモデルとした架空の町ですが、宇佐市には現在も戦争の跡が残されています。